美得令人心醉的

65篇楚辞

·遇见醉美古诗词

王光波 著

华龄出版社

责任编辑：李英卓
责任印制：李未圻
封面设计：颜　森

图书在版编目（CIP）数据

美得令人心醉的65篇楚辞 / 王光波著. ––北京：
华龄出版社，2017.9
ISBN 978-7-5169-1056-6

Ⅰ.①美… Ⅱ.①王… Ⅲ.①古典诗歌 – 诗集 – 中国
– 战国时代 Ⅳ.①I222.3

中国版本图书馆CIP数据核字（2017）第223787号

书　　名：美得令人心醉的65篇楚辞
作　　者：王光波　著
出版发行：华龄出版社
印　　刷：三河市越阳印务有限公司
版　　次：2018年3月第1版　　　2018年3月第1次印刷
开　　本：660×960　1/16　　印　　张：14
字　　数：140千字
定　　价：32.00元

地　　址：北京市朝阳区东大桥斜街4号　　邮编：100020
电　　话：84044445（发行部）　　传真：84049572
网　　址：http://www.hualingpress.com
（如出现印装质量问题，调换联系电话：010-82865588）

PREFACE

前言

　　楚辞，是长短句交错带来的音乐之美，是辞藻铺陈带来的华丽享受，是文章里溪水流淌般的如歌诗韵。

　　穿越千年，在那个生活本身便可成诗、可拿来歌唱的时代，楚辞的美根植在一片长满芳草藤蔓、水雾弥散的南国水泽，随流水汤汤，伴晴雨历历，浑然天成。

　　读楚辞，既可浅吟低唱，不减情致；也可慢歌长啸，不失风雅。每一首楚辞，都是一首歌。即使不吟哦、不放歌，只静静欣赏那些草木依依、江水澜澜、山林莽莽的南国景致，便可感受上天入地的浪漫情怀。即便隔着千年的漫长时光，后世之人，亦可为之迷恋心醉。

　　楚辞之美，美在诡谲浪漫的想象，美在无怨无悔的恋慕，美在若即若离的渴盼，美在生命的肃杀和绝望。楚辞之美，注定了它能流芳百世。

　　楚辞源远流长，既轻盈灵动又深厚博大，其贯穿千古的文化意蕴以及文学价值赋予了自身永恒的魅力。文章里那乱世的悲剧，怀才不遇的痛苦，忠贞见弃、清白遭逐的悲哀，挥之不去的荒谬现实，在长长的悲歌里被反复吟唱。

这种吟唱构筑了一种强烈的情绪，如几欲喷发的火山，又仿佛被摁进辞章里，死死压抑着，直到愤怒熬成了生命的底色，悲哀化入了人生的背景。

楚辞的代表人物是楚国的三闾大夫屈原，同时代的宋玉，汉代的东方朔、王褒、刘向等人紧随其后，感同身受于屈原的不幸遭际，形成了拟骚作家群体。屈原的《离骚》是楚辞的代表作，是我国古代最长的政治抒情诗，《离骚》中体现的强烈的爱国情操和主人公高洁的品质，成为忠臣义士的象征。其他作家的拟骚之作其主旨也大体离不开屈原的遭际与情感。

西汉刘向将屈原及拟骚作家的作品，加上自己拟作的《九叹》结集成册，题为《楚辞》，至东汉，文学家王逸为其作注，同时将自己所作的《九思》收录其中，于是便形成了如今我们看到的《楚辞》文本的通行篇目。由此，"楚辞"从一个泛指楚地文辞的称呼转而成了模拟屈原精神作品的专称，成了具有明确篇目的作品集。

若你已品过生命的苦酒，尝过人生的复杂滋味，请你暂且放下心中悲喜，听那辽阔大地上的诗人，如何唱响一支孤独的曲；看那水泽畔的骚客，如何记下生命里惊鸿一瞥的美丽与哀愁；看那从荆棘里跋涉而来的辞句，如何幻化出极致的悲哀之美。

CONTENTS

目录

卷二 ◎ 山川河流，全都是思君之念

卷四◎千山万水走遍，唯你最美

卷五◎我愿逆流而上，与她轻言低语

卷六 ◎ 心若莲花不染尘

卷八◎故国不堪回首月明中

卷一　天上人间，伊最多情

　　她将爱意变作怨恨，又将怨恨化入更深的爱，独自一人跋涉过情绪的暗影——她的美，爱情的美，她的绝情，爱情的绝望，都只属于她自己。

美景当前，是何等的喜悦

屈原《湘夫人》

帝子降兮北渚，目眇眇兮愁予。嫋嫋①兮秋风，洞庭波兮木叶下。

白薠②兮骋望，与佳期兮夕张。鸟萃兮蘋中，罾③何为兮木上。

沅有茝兮醴有兰，思公子兮未敢言。荒忽兮远望，观流水兮潺湲。

麋何食兮庭中？蛟何为兮水裔？朝驰余马兮江皋，夕济兮西澨④。闻佳人兮召予，将腾驾兮偕逝。

筑室兮水中，葺⑤之兮荷盖。荪壁兮紫坛，匦芳椒兮成堂。桂栋兮兰橑⑥，辛夷楣兮药房。罔薜荔兮为帷，擗蕙櫋⑦兮既张。白玉兮为镇，疏石兰兮为芳。芷葺兮荷屋，缭之兮杜衡。合百草兮实庭，建芳馨兮庑门。九嶷缤兮并迎，灵之来兮如云。

捐余袂兮江中，遗余褋⑧兮醴浦。搴汀洲兮杜若，将以遗兮远者。时不可兮骤得，聊逍遥兮容与！

【注释】

①嫋嫋（niǎo）：微风徐徐吹拂的样子。

②白薠（fán）：水草名。

③罾（zēng）：用木棍或竹竿做支架的方形渔网。

④涘（sì）：水边。

⑤葺（qì）：用茅草覆盖（房屋等）。

⑥桂栋：桂木做的梁栋。兰橑（lǎo）：木兰做的椽子。

⑦櫋（mián）：隔扇。

⑧褋（dié）：无里之衣，即贴身穿的汗衫之类。

　　执子之手，与子偕老，二人相扶相携，安安稳稳走至白头，当是世人公认的完美爱情。可是，爱情有时也可因错过而美丽。

　　梁祝的爱情固然忠贞不渝，值得歌颂，却也是因了永恒的错过，才染上了美丽的哀愁，从此为人所记取，珍重千年。牛郎织女若没有因为迢迢天河阻绝，得以长相厮守，那一年仅搭起一次的鹊桥，那"盈盈一水间，脉脉不得语"的深情，也就不至于如此倾倒凡俗，摄人心魂。就连杨过与小龙女的爱情，何尝不是因为十六年漫长的错过，因为时光如刀，割过彼此的皮肤和心性，才坚贞至此，动人至此。

　　倘若爱情里没有错过，那来之不易的相聚，彼此心心相印的厮守，又怎会如此珍贵？

　　所以在屈原笔下，湘夫人需要耗费时间心血，苦苦等待，幽幽怨恨，湘君也必得尝一尝错身而过的滋味，这场爱情才会绽出美丽的色彩和姿态。

　　当湘夫人离开约会之地，乘舟北上，在楚地纵横的水路里辗转寻找情人踪迹时，湘君终于姗姗来迟。他站在洞庭湖的山岸边登临四望，却望不见她的倩影。

此时此刻，二人分明都怀着无比的深情，企盼见到彼此，却偏偏一人心生怨念，焦灼追寻，一人困惑失望，搔首踟蹰。

秋风阵阵吹来，洞庭湖上波浪翻涌，岸上树叶飘旋，放眼展望，一片空阔苍茫之景渐次铺开。清澈的流水潺潺，时日不知不觉在等待中推移不返，水边泽畔，美好的香草遍地生长，堪比伊人之美。

如此美景当前，若能与美丽的伊人相会，该是何等的喜悦！

若与她相会，应是在水中央一座别致的宫室内。宫室以碧绿荷叶为顶，用香荪为壁，用紫贝装饰中庭，厅堂上撒满香椒，以玉桂为梁，以木兰为椽，以辛夷为门楣，用白芷点缀房间，以薜荔为帐，蕙草挂上屋檐，以白玉为座席，以石兰为屏风，杜衡缠绕四周，总之是一座缤纷、芳香、华美艳丽，能够与伊人相配的庭院。

宛在水中央的宫室，自然只是湘君的想象。可是，热恋之人的想象，却因了炽烈的爱意而变得流光溢彩，恍若宝石般璀璨晶莹。若不曾有这场美丽的错过，他怎知欢乐的难得，幸福的虚幻，怎会因一场神奇美妙的想象而确证心底饱满的真情。

可惜，从想象中回过神来，他心爱的神女仍然没有现身。伤心之余，他将情人的赠物扔向江心，却又立刻从水中绿洲采来杜若，打算赠送给远方的恋人。

至此，这场等待有一个怎样的结局已不重要，重要的是，你我都从中读出了悲哀和欢喜，读出了一份爱情所能拥有的庞大而美丽的、生生不息的生命力。

天命面前，谁能把握生死

屈原《大司命》

广开兮天门，纷吾乘兮玄云。令飘风兮先驱，使冻雨①兮洒尘。

君迴翔兮以下，踰空桑兮从女②。

纷总总兮九州，何寿夭兮在予！

高飞兮安翔，乘清气兮御阴阳。吾与君兮斋速，导帝之兮九坑。

灵衣兮被被③，玉佩兮陆离。壹阴兮壹阳，众莫知兮余所为。

折疏麻兮瑶华，将以遗兮离居。老冉冉兮既极，不寖④近兮愈疏。

乘龙兮辚辚，高驼兮冲天。结桂枝兮延伫，羌愈思兮愁人。愁人兮奈何，愿若今兮无亏。固人命兮有当，孰离合兮可为？

【注释】

①冻（dōng）雨：暴雨。

②女（rǔ）：通"汝"，你，此处指众巫。

③被被（pī）：很长很大的样子。

④寖（jìn）：逐渐。

天门大开，大司命以龙为马，以云为车，命旋风在前方开路，指使暴雨洗净空中尘埃，盘旋降临人间。

这般声势浩大的排场，气壮山河的威严，让人几乎以为从天而降的神祇是主宰一切的天帝。然而，抵达九州大地的神，不过是在天宫位列末班的大司命。只因他掌管人间生死，才被大地上的子民赋予了如此高的威望，如此大的气场。

"纷总总兮九州，何寿夭兮在予"，九州的黎民百姓，谁长寿，谁夭亡，都由大司命来定夺。对肉胎凡人而言，还有什么比生死更大的事？与之相比，至高无上的天帝反倒显得过于遥远了。对天帝，人们或许尊崇敬仰，对大司命，人们却是怀着无比的敬惧之心来祭拜的：有尊敬，也有畏惧，一如每个人对生的尊敬，对死的畏惧。

大司命只是"高飞兮安翔"，安闲地高高飞翔，便可"乘清气兮御阴阳"，乘着清明之气驾驭阴阳，凭借着万物阴阳生成之理，执掌生死存亡。这便是天命，看不见，摸不着，触碰不到，无可把握。在天命面前，人类如此渺小。那样一种存在于天地之间的未知而强大的力量，轻易便可以翻转每个人的命运与生死，毫无道理可讲。

生死，终究不可避免，人的寿命自有定数，不可能大过天地永恒。正因为如此，每一个个体，每一段生命的路程，才变得不可替代，贵重如斯。从一位掌管生死的神祇身上，人们期望得到什么？并非长生不死，而是期望借此探寻生命与死亡的奥秘。

想象一下，初生于蛮荒大地上的人类，最初想要解开的奥秘，或许便是生死。是什么带来了生，什么带来了死？为何有的人长寿，有的人还未长大便会夭折？没有答案。所以人们创造出神祇，希望倾尽虔诚的信仰和供养，缓解天命的神秘和不可控制。

如湘君与湘夫人一般，男神大司命亦有女神少司命与之相配。高高在上的神祇之间的恋情，实在与凡尘俗人无异。这位气派高贵、唯我独尊的大司命，一旦遭遇爱情，也难免落入俗套。相聚与别离，厮守与疏远，思念与忧愁，诸般心绪，人神相通。哪怕是主宰生死的神，也逃脱不了爱情里的悲欢离合，喜怒哀乐。

先民们创造出了一位主宰人类生死的神，却未曾创造一个掌管人间悲欢的神，实在意味深长。面对生死，人们或许尚能决然以对，面对悲欢离合，却不免茫然无奈，慌了心神。只要人仍有七情六欲，便难逃过这一情劫，天下的男男女女也只能在此间浮沉，身不由己，心亦由不得己。

尽情生活，尽情燃烧

屈原《礼魂》

成礼兮会鼓，传芭^①兮代舞，姱女倡^②兮容与。春兰兮秋菊，长无绝兮终古。

【注释】

①传芭：舞者手持香草，相互传递。

②姱（kuā）女：美丽的女子。倡：领唱。

人如何对待神，其实意味着如何对待自己。

屈原《九歌》所描绘的这一场场祭神之礼，娱神之式，何尝不是楚人犒劳自己、娱乐自己的仪式？《东皇太一》中"灵偃蹇兮姣服，芳菲菲兮满堂"的欢快热闹的祭神场景，《云中君》里"灵连蜷兮既留，烂昭昭兮未央"的神祇流连不去的灿烂景象，《东君》中"翾飞兮翠曾，展诗兮会舞"的流光溢彩的神巫之舞，体现的自然是人对神的礼敬和崇仰，却也是人的自我陶醉，自顾自地欢娱，自己赐予自己的狂欢。

神的威严，来源于人对自然和生命的敬畏。神的多情，也是人的多情。

当祭神的仪式接近尾声，人们会敲起密集的鼓点，一边互相传递花朵，一边轮番地跳起舞，美丽的女子齐声歌唱，歌声舒缓从容，就这样热烈而隆重地将降临人间的神祇送走。送神之时，神对人间难免眷恋彷徨，人对神祇也依依不舍，可是仪式仍然庄重、欢快，华丽热闹，唯其如此，才更见出人神之间的情感深厚。

所有人都希望这场迎神、敬神的仪式可以恒久地热闹下去，永无终结之日。希望神祇常驻人间，享用人们的供奉，聆听人们心底的渴盼和期冀，为人间驱赶灾厄，摒绝痛苦。希望春日供以兰，秋天供以菊，以时令之花把美好的愿望告于众神。让这美好的生活日日如此，岁岁如此，"长无绝兮终古"——人们之所以创造出神祇，耗费人力财力和心血举办祭祀神灵的仪式，向自己创造出来的神祈福祷告，目的无非是愿春兰与秋菊，从此长无绝。

春兰与秋菊，如所有的芳美香草一般，年复一年地凋谢，却又年复一年地再度新生。它们在每一个季候里绽放，燃烧自己最美的芳华，如同一个人尽情生活，尽情燃烧自己有限的生命，只为不负此生。

人们总是将散发着郁郁生机的芳草供奉在祭台之上，仿佛将整个南国大地的勃勃生命力都化入一场永恒的祈求：但求千秋万代生生不息。

美好的时光，美好的愿望，美好的生活。正是对一切美好事物的向往和追求，让先民们一步步跋涉过未知的黑暗和恐惧，一点点消融掉生命固有的痛苦与悲哀，坚韧而毅然地活了下来，并且创造出璀璨的艺术和文明，泽被后世。

生命的哀伤无可回避

屈原《少司命》

秋兰兮麋芜[1]，罗生兮堂下。绿叶兮素枝，芳菲菲兮袭予。夫人自有兮美子[2]，荪何以兮愁苦！

秋兰兮青青，绿叶兮紫茎。满堂兮美人，忽独与余兮目成。入不言兮出不辞，乘回风兮载云旗。悲莫悲兮生别离，乐莫乐兮新相知。

荷衣兮蕙带，倏[3]而来兮忽而逝。夕宿兮帝郊，君谁须兮云之际？

与女游兮九河，冲风至兮水扬波。与女沐兮咸池，晞[4]女发兮阳之阿。望美人兮未来，临风怳[5]兮浩歌。

孔盖兮翠旍[6]，登九天兮抚彗星。竦[7]长剑兮拥幼艾，荪独宜兮为民正。

【注释】

①麋芜（mí wú）：香草名。麋，通"蘼"。

②夫（fú）：那。美子：对他人子女的美称。

③倏（shū）：迅速。

④晞（xī）：晒干。

⑤怳（huǎng）：心神不宁。

⑥翠旍（jīng）：用翠鸟羽毛做成的旌旗。

⑦竦（sǒng）：执。

北宋"太平宰相"晏殊曾写下千古名句："无可奈何花落去，似曾相识燕归来。"他定是不断地体味着"花落去"的滋味，不断地触碰着光阴留下的痛楚，在反反复复的无可奈何中辗转叹息，才终于沉淀了心情，写下这个句子。

所有美好的东西都终将逝去，正如所有的花终将凋谢，而人在面对这种消逝时，总是无能为力的。可是，花会凋谢，燕子也会重新归来，生命里一切逝去的东西背后，一定隐藏着新生的喜悦。

每个人或许都活在"无可奈何"与"似曾相识"之间，在这两种状态间徘徊，生命中总有些事情无可挽回，令人徒然伤怀，也总有另一些事物会在最绝望的转角处出现，带来一种似曾相识的温暖和慰藉。

千年之前的屈原在《少司命》中借少司命之口说出"悲莫悲兮生别离，乐莫乐兮新相知"这句话时，大概也是如许心境。

这世间总有心碎神伤的离别，让人分隔天涯海角，生生撕扯开两个人的心魂，从此漫长的思念和痛楚侵入每一个孤独的日夜，甚至每一次呼吸。可是，经历过离别的悲伤之后，也总会有新的际遇和新的相知，带来惊喜和欢乐。

所以当大司命问他的恋人少司命"为何如此忧心忡忡"时，少司命虽以"悲莫悲兮生别离"作答，却立刻接续了一句"乐莫乐兮新相知"。悲哀固然难以避免，快乐也同样不请自来。

身为掌管人间子嗣的神，少司命每一次来到人间，都会遇到许多参加迎神祭祀的妇女，她们怀抱着繁衍子嗣的良好

愿望，向神祇祈求，而少司命也会对此心领神会，尽量满足她们的心愿。女神少司命的多情，让人与神在虔心祈祷的瞬间心灵相通。这个过程，对人间的女子而言，自然是一份难得的福祉，对天上的少司命而言，亦是欢喜。

有相知便有别离，有别离，也就必定会有新的相知，正如有生就有灭，有悲伤就有喜乐，一切都是自然，都是必然。正如女神少司命身上，既有对待大司命时的温柔体贴，一往情深，亦有手持长剑捍卫保护儿童之时的凛然和坚毅。

生命的哀伤无可回避，而每个人都可以在生命的哀伤之后，为自己找回希望。若将生命里所有的缺失、遗憾，看作在此之后乍然降临的惊喜和欢悦的见证，人生或许也会因此精彩、美丽得多。

万物初生的美侵袭心神

屈原《东皇太一》

吉日兮辰良，穆将愉兮上皇。抚长剑兮玉珥①，璆锵②鸣兮琳琅。

瑶席兮玉瑱③，盍④将把兮琼芳。蕙肴蒸兮兰藉，奠桂酒兮椒浆。

扬枹兮拊⑤鼓。疏缓节兮安歌，陈竽瑟⑥兮浩倡。

灵偃蹇⑦兮姣服，芳菲菲兮满堂。五音纷兮繁会，君欣欣兮乐康。

【注释】

①珥（ěr）：剑鞘出口旁像两耳的突出部分，又称剑鼻。

②璆（qiú）：美玉。锵（qiāng）：金属发出的声音。

③玉瑱（zhèn）：玉器。

④盍（hé）：何，何故。

⑤枹（fú）：鼓槌。拊（fǔ）：敲打。

⑥竽（yú）瑟：均为古乐器。

⑦偃蹇（yǎn jiǎn）：形容巫师优美的舞姿。

有人说春是寂寞的。你看，大地苏醒，刚刚绽出新绿，

草长莺飞，美丽的生命竞相盛放，本是极好的盛景佳时，却偏偏华丽尽头是落寞，寂寞深处是无声。所有的蓬勃在一开始就无可避免地暗藏了毁灭的种子，所以有那么多敏感多情的诗人，在万物繁盛之时就已黯然神伤，遥遥叹恨着春尽后的狼狈。

贪恋春日好，才有春愁、春恨。

茫茫冰川迸裂开第一道缝隙，被冻僵的萧瑟大地上逐渐有了暖意，灰色的枯枝上生出新芽，早春花开，向人款摆摇曳，多情絮语——看着敛藏了整整一个冬日的世界慢慢回春，变得生机蓬勃，恐怕没有人能够抗拒这种万物新生的美好，尽管这种新生终有一日会残败凋零。

两千年前的楚国先民，定然也是以如此欣喜的心情迎接每一年春日的降临。

那时的人们，想象天上有一位春神，叫东皇太一，年年在冰天雪地之际降临人间，为人间带来浓浓绿意，勃勃生机；赠给农民一年的生计和希望，赠给诗人敏锐诗思，赠给期待爱情的少女怀春的契机。

凋零和毁灭，那是后来的事。此时，唯有生命初生的喜悦，弥漫于天上人间。

不知东皇太一是怎样高大俊伟的天神，只知楚地先民确是以全部的热情和希冀来迎接这位神祇，盼着他挥一挥衣袖，便为尘世洒下甘霖；盼着他轻轻一吐息，便为土地注入繁衍生命的力量。

所以，先民们慎重地选择吉日良辰祭祀春神。在最吉祥的日子，主祭者佩带着镶饰玉珥的长剑，整饬好身上华美的服饰，恭恭敬敬地做好祭祀的准备。献祭的供案上摆放着美玉和香草，祭品用蕙草包裹，桂椒炮制的美酒芬芳醉人，一一敬献上神。

祭祀开始，祭巫举起鼓槌，鼓声舒缓，祭歌安闲，随后，竽瑟齐鸣，声势震天，在这繁音曼舞、乐声浩荡的庄重而热烈的氛围中，春神即将降临。

"君欣欣兮乐康"，天神降临人间的姿态，如此欣喜安乐，让祭殿"芳菲菲兮满堂"，芳香馥郁，令人心旷神怡；也让祭祀的人群翩翩起舞，欢欣无边，喜悦无边。从此以后，春神定会赐福祉于人间，给人类的生命繁衍，农作物的生长带来福音。

对春的到来，楚人所想、所求，便是如此简单纯粹。

四季如歌，如歌的行板不会因为任何一个季节的美好而停滞，亦不会因为任何一个季节的残败而加快节奏。每一首歌都有它的精彩。春日可以是一首寂寞的歌，充满心碎神伤的哀叹，也可以是一首摒绝了痛苦的欢乐之颂，唯有万物初生的美侵袭心神，唯有永不熄灭的希望绽放华彩。

舞之蹈之，歌之颂之

屈原《云中君》

浴兰汤兮沐芳，华采衣兮若英。灵连蜷①兮既留，烂昭昭兮未央。

蹇将憺②兮寿宫，与日月兮齐光。龙驾兮虎服，聊翱游兮周章。

灵皇皇兮既降，猋③远举兮云中。览冀州兮有余，横四海兮焉穷。

思夫④君兮太息，极劳心兮忡忡。

【注释】

①连蜷（quán）：身姿矫健美好。

②蹇（jiǎn）：发语词。憺（dàn）：安居。

③猋（biāo）：急速的样子。

④夫（fú）：与"此"相对，即"彼"。

祭巫在兰草浸泡而成的香汤里沐浴，细细洗净了身体，然后穿上如花儿般华彩美丽的正服，于祭殿迎神。这是一场盛大的祭神仪式，扮演云神的灵子正在神圣的殿堂里翩然起舞，神祇在他身上流连不去，让他的身体不断闪现神光。

　　沐浴，更衣，敛华容，着盛装，如此庄重深情，皆是人对神的尊崇和礼颂。而云神对人亦是多情。听他唱：我在天上时，可与日月齐光，既借日月生辉，亦可映日托月，今日乘驾龙车，树五方之帝的旌旗，来到人间，在供神的地方停驻，为不负你们的虔诚祈祷和祭祀之意，便姑且安然乐享这盛大的供奉，遨游人世，观览四方吧。

　　在那个古老的年代，天上的神与人间的人，似乎并未遥隔万里，只需要一场虔敬庄严、热烈盛大的祭神之典，便可铺陈一条上达天庭、下抵尘世的大道。人人心中皆有神祇，那些美丽多情、丰神俊朗的女神与男神，仿佛真实存在一般，存活于每个人的生命之中。人们相信春神会带来生命的希望；云神可以普降甘露，赐予民间风调雨顺；大司命可以定人之生死；少司命掌人间子嗣；日神伟大慷慨，驱散黑暗和阴冷，带来恒久的光热；河神以他的浩荡与胸怀，孕育出人类和文明；山神则以她的倩丽与缥缈，勾勒出壮丽秀美的大好河山……

　　因为有了神祇，万物有灵且美；因为神祇多情护佑，人世间方可安享太平康乐。所以，迎神的仪式、祭神的过程，才值得庄重虔诚以待，值得倾注如许深情。

　　神祇虽然多情，却不能长久于人间逗留，一旦祭享结束，便要折返天上。人与神，到底是有隔。云神游览九州四海，体察下情，向世人许诺云行雨施、风调雨顺，是倾囊相授，平易亲近；而云神一开始在迎神仪式里驾着龙车皇皇降临，最后忽然如旋风般上升，重回天上云中，却是威严不凡，是高高在上的尊贵。

　　神对世人，是施与，是恩赐；世人对神，是景仰，是依赖。祭祀仪式的结尾处，面对云神高贵而决然的离去，人们

"思夫君兮太息，极劳心兮忡忡"，无可挽留，只好徒然思念，满心忧伤。

何以思念白云，愁肠百结？因为楚地的先民们尚未知晓人类的强大。他们只知道，风吹云散之际，人的无助、无力会显得格外明晰。若非神的垂怜，他们便撑不过那滴水不降的焦渴季节，无法在广袤无垠的天地间笃定地生存，无法在苍茫渺远的未知面前不被恐惧击倒，不失去希望。

谁都希冀云神永爱世人，永佑人间，可是谁都知道，若不是这世间仍有天灾人祸，云神带来的风调雨顺也就不会那样珍贵，需要用一场又一场盛大的仪式，舞之蹈之，歌之颂之。

等待，是一个人的事

屈原《湘君》

君不行兮夷犹，蹇谁留兮中洲？美要眇①兮宜修，沛吾乘兮桂舟。令沅湘兮无波，使江水兮安流！望夫君兮未来，吹参差兮谁思！

驾飞龙兮北征，邅②吾道兮洞庭。薜荔柏兮蕙绸，荪桡兮兰旌③。望涔阳兮极浦，横大江兮扬灵。

扬灵兮未极，女婵媛④兮为余太息。横流涕兮潺湲⑤，隐思君兮陫侧。桂棹兮兰枻⑥，斲冰⑦兮积雪。采薜荔兮水中，搴芙蓉兮木末。心不同兮媒劳，恩不甚兮轻绝！石濑兮浅浅⑧，飞龙兮翩翩。交不忠兮怨长，期不信兮告余以不闲。

朝骋骛⑨兮江皋，夕弭节兮北渚。鸟次兮屋上，水周兮堂下。

捐余玦兮江中，遗余佩兮醴浦。采芳洲兮杜若，将以遗兮下女。时不可兮再得，聊逍遥兮容与。

【注释】

①要眇（yāo miǎo）：美好的样子。

②邅（zhān）：绕道。

③荪桡（sūn ráo）：缠绕以荪草的船桨。兰旌（jīng）：以兰草为旌旗。

④婵媛（chán yuán）：忧愁悲伤。

⑤潺湲（chán yuán）：水流淌。

⑥桂棹（zhào）：桂木的船桨。兰枻（yì）：兰木的船桨。

⑦斲（zhuó）冰：波浪翻滚、水花四溅的景象。

⑧石濑（lài）：水冲击石头而形成的急流。浅浅（jiān）：水流迅速。

⑨晁（zhāo）：通"朝"，早晨。骋骛（chěng wù）：疾驰。

　　热恋中的女子于湘水之畔等待情人，久候不至，她便心生失望和怨尤——在自由恋爱之民风盛行的楚地，这本是最寻常不过的爱情逸事。这支出自楚国大诗人屈原之手的恋歌《湘君》，如数记下了一个女子在等待之时细腻如发的情思和波澜起伏的情绪，只是他笔下的女子，不是普通的民间女子，亦非美丽高贵的贵族之女，而是神女。

　　远古的神祇，尚未如后世的神一样，泯灭了凡尘俗人的七情六欲，在仙气缭绕的天宫内顾影自怜，长生不老。在楚地的神话传说中，神与人一样，有喜怒哀乐，有悲欢离合，有情爱，有血肉。譬如湘水之神湘君，便与他的配偶湘夫人倾心相爱。纵贯楚地的渺渺湘水，优美辽阔的洞庭云梦之泽，南国广大的水域，是两位神祇深刻恒久的爱情最美的见证。

　　这一日，湘夫人盛装打扮，乘舟来到与湘君相约的地点。沅湘的江水风平浪静，缓缓流淌，似是不忍惊扰了这场美丽的约会。然而，为悦己者容的湘夫人望断秋水，也不曾等来她殷殷期盼的郎君，她只好吹起排箫，排解思念。箫声呜咽，如泣如诉，思情悠悠如水，绵绵不绝。

女子的等待，向来绵长，因为女子对待爱情，从来一往而深。只是女子的爱情，更像心灵的独舞，于孤高纯粹的心灵高地上，舞得酣畅也好，舞至绝望也罢，只与自己有关。同样，女子的等待，亦是只关乎自身的一曲高歌，歌得直入云霄也好，歌至暗哑无声也罢，通通都是她一个人的事。

她穿上华服，用薜荔作帘、蕙草作帐，以香荪为桨、木兰为旌，如凿冰堆雪般划开水波，在滚滚波涛上彷徨，在浅水石滩旁徘徊，将等待和爱意装点得繁盛美好，就连痛苦和伤神，也因为汩汩流淌的水脉与广阔无垠的江河，而被吟成一支如水的歌。

可是，她吹箫低诉，驾起龙舟北游洞庭，遍寻情郎的举动，乃至后来泪如雨下，激愤怨恨，抛弃定情的玉环和佩饰的行为，甚至到最终心绪的缓和，皆是她自己的心事回旋，无可诉说，因而也就永远无法被情人知晓体验。这一番动人心魄的情思的流转，情绪的悱恻辗转，注定是眉梢眼角不可泄露的温柔秘密，兜兜转转，只能回到自身。

这场等待，是她一个人的事。她将爱意变作怨恨，又将怨恨化入更深的爱，独自一人跋涉过情绪的暗影——她的美，爱情的美，她的绝情，爱情的绝望，都只属于她自己。

多情亲厚的神

屈原《东君》

暾①将出兮东方，照吾槛②兮扶桑。抚余马兮安驱，夜皎皎兮既明。

驾龙辀③兮乘雷，载云旗兮委蛇④。长太息兮将上，心低徊兮顾怀。

羌声色兮娱人，观者憺兮忘归。

缊瑟⑤兮交鼓，箫钟兮瑶虡⑥。鸣篪⑦兮吹竽，思灵保兮贤姱⑧。翾飞兮翠曾⑨，展诗兮会舞。应律兮合节，灵之来兮蔽日。

青云衣兮白霓裳，举长矢兮射天狼。操余弧兮反沦降，援北斗兮酌桂浆。撰余辔兮高驼翔，杳冥冥兮以东行。

【注释】

①暾（tūn）：形容旭日初升的样子，代指初升的太阳。

②槛（jiàn）：栏杆。

③龙辀（zhōu）：龙驾的车。

④委蛇（wēi yí）：飘动舒卷的样子。

⑤缊（gēng）瑟：张紧瑟上的弦。

⑥瑶：使动摇。虡（jù）：悬挂钟磬的木架两侧的立柱。

⑦篪（chí）：古代管乐器的一种。

⑧灵保：神巫。贤姱（kuā）：贤且美。

⑨曾（zēng）：举起翅膀。

当远古的人类孤独地站立于苍茫天地间，仰望头顶那轮光芒万丈、明亮温暖的太阳时，心底充满敬畏、崇拜。生命的诞生与万物的生长，皆离不开太阳。所以，对太阳的歌颂，对太阳神的祭拜，几乎是古今中外一个永恒的主题。

在先秦时期的楚地，先民们想象东方的天空有一位日神东君，每日驾着天马和太阳之车，由东至西不疾不徐地行驶，把光与热遍洒人间。

这位神祇是如此慷慨无私，山川大地与九州四海，无不受到他的照拂；这位神祇还如此多情，白日将尽，黑夜来临，他竟然为此"长太息兮将上"，叹息自己即将飞升上天，回到他的栖息之所，不能再徘徊于人间，为天地带来光明，继续履行这神圣的职责，因而"心低佪兮顾怀"，内心充满眷念彷徨。

他陶醉于驾起龙车时车马轰隆作响的声音，和飘动的绚丽云旗所带来的快感；陶醉于为人间带来一切希望和力量的荣耀，以至于乐而忘返。

为什么不呢？人间迎祭日神的场面是这样盛大热闹，人们弹起琴瑟，敲起钟鼓，奏篪吹竽，轻盈起舞，应律而歌，众神闻声，遮天蔽日纷纷降临。无论天上人间，生命本就该这般肆意纵情。掌管生命之源、光明之源的神祇，更当雍容英武，伟大无敌，有崇高的博爱，有炽热的情怀，为自己、

也为人间带来无上的福祉。

日神东君眷念着人间万物，以至于在暮色降临之后，在黑夜的天空里，仍旧继续为人类工作着。他举起长箭，去射那贪婪成性、欲霸占他方的天狼星，操起天弓，阻止灾祸降到人间，然后以北斗为壶，斟满桂花美酒，向大地倾倒，赐下福祉，随后驾着龙车继续前行，直至夜色褪下它黑色的皮肤，直至晨光熹微，光明再度普照天地。

这一番描绘，当真大气。试想，除了君临天下的日神，还有谁能够射杀天狼，以北斗斟酒？辽阔的天地，无际的星辰，成了日神东君小试身手的背景。而这位神祇，真正心之所系的，却是脚下的九州大地，人间万物，白天，他驾驭太阳，大放光彩，黑夜，他收敛光芒，却仍为护佑人间而战，为人类赐福，这般多情醇厚的神，无怪乎楚人祭拜他时，最为虔诚热烈，无怪乎屈原也为他写下最华美的祭祀之辞。

世间事，哪有诸多答案
屈原《远游》节选

　　朝发轫于太仪兮，夕始临乎于微闾。屯余车之万乘兮，纷溶与而并驰。驾八龙之婉婉兮，载云旗之逶蛇。建雄虹之采旄①兮，五色杂而炫燿②。服偃蹇以低昂兮，骖连蜷以骄骜。骑胶葛以杂乱兮，斑漫衍而方行。撰余辔而正策兮，吾将过乎句芒③。历太皓以右转兮，前飞廉以启路。阳杲杲④其未光兮，凌天地以径度。风伯为余先驱兮，氛埃辟而清凉。凤凰翼其承旗兮，遇蓐收乎西皇。揽慧星以为旍⑤兮，举斗柄以为麾。叛陆离其上下兮，游惊雾之流波。时暧暧其晻莽⑥兮，召玄武而奔属。后文昌使掌行兮，选署众神以并毂。路曼曼其修远兮，徐弭节而高厉。左雨师使径侍兮，右雷公以为卫。欲度世以忘归兮，意恣睢以担挢⑦。内欣欣而自美兮，聊媮娱以自乐。涉青云以汎滥游兮，忽临睨⑧夫旧乡。仆夫怀余心悲兮，边马顾而不行。思旧故以想像兮，长太息而掩涕。氾容与而遐举兮，聊抑志而自弭。指炎神而直驰兮，吾将往乎南疑。

【注释】

　　①采旄（máo）：用旄牛尾装饰的彩旗。

②燿：同"耀"，闪耀。

③句（gōu）芒：古代神话传说中的主木之官。

④杲杲（gǎo）：明亮。

⑤旌（jīng）：用牦牛尾和五彩羽装饰竿头的旗子。

⑥嗳曃（ài dài）：昏暗不明。晭（tǎng）莽：晦暗朦胧。

⑦恣睢（zì suī）：放任自得。担挢（jiē jiǎo）：高举。

⑧临睨（nì）：俯视。

在漫长的流放生涯里，不知屈原是否曾叩问过天地、命运，是否曾向心灵的更深处追溯，只为寻求一个能够说服自己的答案。

当他在悲叹之余渺观宇宙时，定然感慨过宇宙的辽远壮阔，世俗的卑狭浅陋，也因此意识到人身在宇宙天地面前的渺小和短暂。这一尊沉重的肉身束缚住他，然而他的灵魂却不受约束，纵情遨游至天的尽头。

屈原写《远游》辞，开篇便道："悲世俗之迫阨兮，愿轻举而远游。"只因悲伤于时俗的困厄，才想要飞升登仙，去远处周游，也是为了给悲痛哀伤的心灵一个出口，逃避这个过于狭小、世俗、卑下的尘世。

总以为答案和出路在远方，所以他上天入地，在神仙的不死之乡逗留，登上彩霞，拥着浮云，出入天门，造访星辰。又从天宫出发，到达东北方盛产美玉的医巫闾山，乘着天马，拜访东方木神句芒，东帝太皓，让风神飞廉在前方开路，在西帝那里与金神蓐收相见。他甚至可以摘下彗星当作旌旗，举起北斗星的斗柄用来指挥，唤来北方之神玄武跟随

相伴，让文昌星帮他掌管行程，安排众神并驾前行，左边让雨师随侍，右边让雷公保驾，就这样浩浩荡荡、恣意洒脱地在云海波涛中漫游流连。

想象中的远游，几乎是无所不能的。不过倏忽之间，他便可经由东方之极，游至西天的边界，一下子身在北极的冰寒之地，一下又置身于温暖芬芳的南国，向上他可直触闪电的至高空隙，向下他可穷尽大海之至深。天地宇宙，辽阔无际，而这场纵横四海八荒的远游又是这样的和乐安然，让他觉得自己那点微小的烦恼简直不值一提。

他的心自由随意地出入人神两界，似乎已了无牵挂，全然摆脱了尘世的桎梏。然而，当他在飞越层云，忽然俯瞰到故乡田原时，远游之前感受到的那份悲伤，仍是毫不容情地侵袭了他的心神。他尽可以自由自在地遨游天上，故乡却仍是他心底最深的牵系。他想要见到故友，想回到属于他的朝堂，想实现他复兴家国的政治理想，可惜他所想所念，全都不可能成真，所以他只能"长太息而掩涕"，在众神的陪伴和簇拥下，在这场喜悦欢乐的远游途中，涕泪滂沱。

天上安乐，终究解不了人间愁苦，正如一场逃避，不能换来出口和答案。可是这场逃避真正是壮美的、浪漫的。世间的事，哪有诸多答案可言，不过是得过且过，过不去，也就罢了，真正重要的是过程，而非结局。如屈原，此生都不曾跨过那道现实的沟壑与心灵的深渊，而他笔下的美，精神世界的壮阔，却分毫不缺地留存下来，至今仍在世人心底回响不绝。

卷二　山川河流，全都是思君之念

从想象中跌落现实之后，忠臣贤士只能
打开命运的匣子，拿出那根占卜的蓍草，悲
叹此生困蹇多难。

这份忧伤，终生难愈

屈原《抽思》节选

倡曰：有鸟自南兮，来集汉北。好娇佳丽兮，胖^①独处此异域。既茕^②独而不群兮，又无良媒在其侧。道卓^③远而日忘兮，愿自申而不得。望北山而流涕兮，临流水而太息。望孟夏之短夜兮，何晦明之若岁！惟郢路之辽远兮，魂一夕而九逝。曾不知路之曲直兮，南指月与列星。愿径逝而未得兮，魂识路之营营^④。何灵魂之信直兮，人之心不与吾心同！理弱而媒不通兮，尚不知余之从容。

乱曰：长濑湍流，泝^⑤江潭兮。狂顾南行，聊以娱心兮。轸石崴嵬^⑥，塞吾愿兮。超回志度，行隐进兮。低佪夷犹，宿北姑兮。烦冤瞀容^⑦，实沛徂兮。愁叹苦神，灵遥思兮。路远处幽，又无行媒兮。道思作颂，聊以自救兮。忧心不遂，斯言谁告兮。

【注释】

①胖（pàn）：分离。

②茕（qióng）：孤独。

③卓（chuō）：同"逴"，远。

④识：辨认。营营：形容来回走动的样子。

⑤泝（sù）：逆流而上。

⑥轸（zhěn）：通"畛"，田间道路。崴嵬（wēi wéi）：形容石头高低不平。

⑦瞀（mào）容：心情烦乱不安。

从《离骚》开始，"长太息以掩涕兮"便成为屈子辞赋的基调。他心底茫茫的悲哀和忧伤，锥心蚀骨的痛楚和孤独，无法言喻的苦闷愤懑，以及贯穿整个生命的憾恨，化身为一首首铺张扬厉、华美浪漫、悱恻哀伤、大气瑰丽的哀歌，与南方的草泽水畔融为一体，唱响楚国的兴亡命运。

写这首《抽思》时，楚怀王尚在，而屈原也不过被贬至都城附近的汉北之地，一切还不至于像后来那般不可挽回。他写秋风起，长夜漫漫，君王背弃约定，又屡屡发怒，百姓混沌糊涂，不明真相，写自己想要剖白衷肠，君王却不肯听取，写小人极尽陷害之能，将他当作祸患——所有的这一切，萧瑟、煎熬、痛苦、惊惧、怅恨、怨愤、无奈、悲愁，最终都化作如水的忧伤。

只是如水的忧伤而已。此时的屈原，还不曾有过黑色的绝望。

忧伤的颜色如水，或透明，或黄浊，或碧绿，或青蓝；忧伤的形状亦如水，随时而变，随物换形，风起时，波浪翻涌，雨落时，水潮高涨，晴日时，是一汪明镜，鞠一捧在手心时，是手心的形状，东流入海时，是奔腾的浪子，停留在山间内陆时，是沉静的处子。

当屈原哀叹自己既忠贞又有才华，却遭受流放，独居异

乡，不能合群，不能为君所用时，忧伤便如浑浊的波浪，日夜在他心底翻涌。这股波浪里，有一种阴暗的悲伤，让他对命运心有不甘，对辜负了他的君王生出怨尤。没有媒人，言路不通，他想向君王陈说心志，却不会有任何人知晓他的所思所想。他身在僻远之处，即使写下这首辞赋，也不过聊解忧思，抵达不了谁的耳际，而他内心深处的痛苦，仍然不知该向谁。

其实哪里是不知向谁，他想要倾诉的对象从一开始就只有高高在上的君王。君王不肯倾听，他内心该多无奈。

初夏的漫漫长日里，他望着北山落泪，对着流水叹息，度日如年，黑夜虽然短暂，他却难以入眠。回到国都的路途并不遥远，他却道"惟郢路之辽远"，遥远的不是路程，而是他的心与君王之心的距离。最终，他只能让灵魂翻山越岭，趁着黑夜前往。星辰在天上指认南去的路，路上石头高低不平，沙石滩上流水湍急，灵魂尚且徘徊踟蹰，走得犹疑而艰难。他自己呢？只怕再也不能踏上归去的路，而这份忧伤，只怕也终生不可治愈。

时命难合的悲哀

淮南小山《招隐士》节选

桂树丛生兮山之幽，偃蹇连蜷兮枝相缭。山气茏苁兮石嵯峨[①]，溪谷崭岩兮水曾波[②]。猨狖群啸兮虎豹嗥[③]，攀援桂枝兮聊淹留。王孙游兮不归，春草生兮萋萋。

【注释】

①茏苁（lóng zōng）：云气迷蒙。嵯峨（cuó é）：山势高峻。

②崭（zhǎn）岩：险峻。曾（céng）波：水势奔涌。

③嗥（háo）：咆哮。

西汉淮南王的门客作《招隐士》招贤纳士时，断然不会料到，一句"王孙游兮不归，春草生兮萋萋"，竟会在后世的闺怨诗词里千百遍地还魂重生。

"王孙游兮不归"，当是闺怨题材的滥觞。若没有永远奔波在江湖风烟，为功名拼搏的文士，怎会有永恒伫立在高楼苦等痴盼，为爱情所苦的女子？年复一年，春草枯萎了又生，女子盼望远人归来，行人在远方念归，不过，千百年来，"不归"才是不变的现实，所以这一篇辞赋才会为人吟唱至今，"春草萋萋"的意象才会成为春愁、闺怨的象征。而《招隐

士》的本意，反倒为人淡忘了。

汉武帝时期，各地诸侯都极重视招贤。所谓"招隐士"，是淮南王欲将在山中隐居的才士招至自己麾下、为己所用之意。文中反复强调山林环境的险恶，呼唤隐士归来：你们看，山中桂树丛生遍布山谷，树干虬曲，枝条交互缠绕，山雾迷蒙，石峰高耸，溪涧险峻，奔涌而出，猕猴长嘶，虎豹咆哮，如此艰苦险恶，山中怎可久留？

比之公事公办的招纳人才的方式，一篇文采斐然的《招隐士》，想必更能激起山间隐士的共鸣。无独有偶，曹操求贤若渴时，也曾作《短歌行》："对酒当歌，人生几何？譬如朝露，去日苦多。慨当以慷，忧思难忘。何以解忧？唯有杜康。青青子衿，悠悠我心。但为君故，沉吟至今。呦呦鹿鸣，食野之苹。我有嘉宾，鼓瑟吹笙。明明如月，何时可掇？忧从中来，不可断绝。越陌度阡，枉用相存。契阔谈䜩，心念旧恩。月明星稀，乌鹊南飞。绕树三匝，何枝可依？山不厌高，海不厌深。周公吐哺，天下归心。"

渴望择明主而从之的贤才，读到如此慷慨大气、才华横溢，且又通达的求贤文，只怕会感动得泣下沾襟。若我们想想屈原见弃的悲哀，宋玉终生仕途难显的狼狈，东方朔壮志无处可施的无奈，便禁不住感慨，他们难道不是贤才吗？当惜才若渴的君王四处求贤时，为何他们倾尽了忠诚、才华、心血，仍然只能换来遭逐见弃的结局？

曹操问四方贤士：绕树三匝，何枝可依？言下之意自然是希望天下有才能的人都来依靠他这棵大树，殷殷盼才之意，溢于言表。而若由屈原、宋玉、东方朔这些怀才不遇之人来发问，这个问题便有了凄苦和苍凉。

绕树三匝，何枝可依？他们分明已经有了可以依傍的树枝，却流浪在生命最深的荒凉里，孤苦伶仃，无依无靠。

是谁错了？君王求贤是真，日后弃贤也是真，臣子愿意尽忠是真，无从尽忠也是真，或许谁都没有错，错的只是这个颠倒黑白的世界，是时命难合的悲哀，是曲高和寡的孤独。

有些美好，永不被摧毁

屈原《悲回风》节选

悲回风之摇蕙兮，心冤结而内伤。物有微而陨性兮，声有隐而先倡。夫何彭咸之造思兮，暨志介①而不忘！万变其情岂可盖兮，孰虚伪之可长！鸟兽鸣以号群兮，草苴②比而不芳。鱼葺③鳞以自别兮，蛟龙隐其文章。故茶荠不同亩兮，兰茝幽而独芳。惟佳人之永都兮，更统世而自贶④。眇远志之所及兮，怜浮云之相羊⑤。介眇志之所惑兮，窃赋诗之所明。

【注释】

①暨（jì）：与，和。介：坚固。

②苴（chá）：枯草。

③葺（qì）：整理。

④贶（kuàng）：赐予。

⑤相羊：飘浮、游荡、没有凭依的样子。

宋玉一曲《九辩》，实已言尽悲秋之慨。在"草木摇落而变衰"的季候里，生命亦淹留在萧瑟的深秋，有感于天地四季，发人生四时之悲叹，这番感物言情的情怀，确是振聋发聩，入骨入髓。

屈原提笔记下秋夜里闻回风之起的情景时，却不只是如此心境。他也感到悲伤，"悲回风之摇蕙"，见深秋浩荡而寒凉的疾风穿越天地，无情摇落蕙草，继而凋伤万物，于是"心冤结而内伤"。可是，他的悲伤并不直指自身遭遇的坎坷不平，而是一种对万物陨落凋残的悲悯，对美好事物受到摧残而毁灭的悲剧命运的痛惜。

若只纠结于一己命运和得失，屈原大可不必为一时的坚持不屈付出如此高昂的代价。他也可以稍稍委屈自己，放低心气，对现实做些许妥协，好换来一些安宁的日子。倘若他并不真心爱着他的家国，那么，糊涂一点、混沌一点又何妨？

可惜不能。

天下之事千变万化，可是真相终究无法被掩盖，虚伪也不会保持长久。古代的贤臣放在今日，也依旧是贤臣，并不因命途不济而遮掩掉他的光辉。向世俗妥协很容易，只需要对丑恶保持沉默，然而摧眉折腰，安能长久？更何况物以类聚，人以群分，鸟兽鸣叫，从来都只寻找同类，枯草、荣草无法在一起散发芳香，苦菜和甜菜也不能在一块田里生长，君子永远都那么美好，如兰花茝草般，永远在幽僻之地独自散发芬芳，怎可与世俗同流合污，玷污了他的清高？

所以，他清醒地看到秋风震荡了蕙草，所及之处，草木凋零，虫鸟衰亡，万物都在秋凉中褪去了生命的鲜艳。好比朝堂上的小人迷惑了君王，逼走了贤臣，继而动摇了他心爱的楚国的根基，让它不可逆转地一步步走向灭亡。

万物凋伤，山河永寂，原本就是蕙草摇落后必然的结局，一切都是自然的过程，无可挽回。可是他害怕楚国的大

好江山也如同进入深秋的山河万物般，凋谢了容华，从此陷入恒久的沉寂。

他知道秋风初起时，总是最先凋陨了蕙草的微弱生机，在暴力与恶面前，美好高洁的事物总是最早被毁灭的，正如在奸佞小人的戕害下，也总是贤人先丧。但他不愿意就此绝望，而宁愿相信："兰芷幽而独芳。"

最后他的家国江山沦亡于秦国之手，应了"山河永寂"的结局，但是楚地文化却源远流长，从未断绝，他写下的楚辞也流传至今，他的气骨和心志，更为后人传颂不已，这算是应了他"兰芷幽而独芳"的良愿：总有一些美好会在恶的逼迫下丧失生机，也总有另一些美好，坚韧不屈，独立不移，即使死去也能再生，永不可能被摧毁。

高山流水处有人共品
刘向《忧苦》节选

悲余心之悁悁兮，哀故邦之逢殃。辞九年而不复兮，独茕茕而南行。思余俗之流风兮，心纷错而不受。遵野莽以呼风兮，步从容于山廋①。巡陆夷之曲衍兮，幽空虚以寂寞。倚石岩以流涕兮，忧憔悴而无乐。登巑岏②以长企兮，望南郢而窥之。山修远其辽辽兮，涂漫漫其无时。听玄鹤之晨鸣兮，于高冈之峨峨。独愤积而哀娱兮，翔江洲而安歌。三鸟飞以自南兮，览其志而欲北。愿寄言于三鸟兮，去飘疾而不可得。

【注释】

①廋（sōu）：山崖弯曲的地方。

②巑岏（cuán wán）：高峻的山峰。

《列子·汤问》载："伯牙善鼓琴，钟子期善听。伯牙鼓琴，志在登高山，钟子期曰：'善哉！峨峨兮若泰山！'志在流水，钟子期曰：'善哉！洋洋兮若江河！'伯牙所念，钟子期必得之。"

高山流水遇知音。试想，若有这么一个人，你鼓琴时，琴弦里每一处细微的触动，他都听得到，琴弦里每一道隐秘的心

事，他都懂得，这是何等的喜悦和安慰。正因为这种喜悦太过盛大，所以，伯牙在子期死后而绝弦。

唐人陆凯曾从江南给远在长安的友人范晔寄去一枝梅花，赠诗曰："折花逢驿使，寄与陇头人。江南无所有，聊赠一枝春。"无尽风雅，不涉功利，也是知己之意。这样的知己，唯有高山流水处可遇。尘世低俗处、卑下处，绝不可能有真正的知己。所以刘向笔下的屈原，如此清高孤傲，不仅置身于流放之地时孤单凄凉，无人做伴，他的灵魂，亦是曲高和寡，无人可与之同行。

这或许才是真正的孤独。

楚国世俗混沌之风盛行，而屈原离开故国已九年，归去之日遥遥无期。他日日哀叹邦国遭遇祸乱，日日登上险峰踮脚站立，眺望都城和家乡，可是未来总是一片茫然。若他在这世间尚有并肩而行的友人，能够懂得他的高洁清白，懂得他痛苦却又九死不悔的坚持，他的流放生涯或许会好过许多，至少他的怨愤能少一点，不至于"倚石岩以流涕兮，忧憔悴而无乐"，不至于在孤愤郁积之时，需要苦中作乐地在江中小洲上歌唱，不至于在生命的尽头，时命难合的悲哀仍然在他的心里横冲直撞，直到他的人生再也无路可走。

所谓知己，便是如此：当你独自一人面对寒凉世间，冷漠人群时，当你与全世界为敌，被所有人抛弃时，当你坚持一个孤高的理想，保留一份不切实际的幻想时，他会在你身边，支撑你，扶持你，或者至少，他懂你，不会误解你。

屈原一生所求，也无非是有人可以懂他、理解他，高山流水处有人共品。他看到三青鸟从南方飞来，便想要托它们捎信，可是它们飞得太快，追赶不上，这样的境遇，何尝不是他一生的写照：直到遭逐见弃，他才发现自己一直都太透彻、太清醒，看得太远，精神的世界太过辽阔，将君王和小人们远远抛在身后，以至于当他想要寻求君王理解时，才知他的渴盼其实是那一只飞得太快的三青鸟，而他与君王，此生已无法再度抵达彼此心间。

唯愿落叶归根

屈原《大招》节选

青春受谢，白日昭只。春气奋发，万物遽①只。冥凌浃②行，魂无逃只。魂魄归来！无远遥只。

魂乎归来！无东无西，无南无北只。东有大海，溺水浟浟③只。螭龙并流，上下悠悠只。雾雨淫淫，白皓胶只。魂乎无东！汤谷宗只。魂乎无南！南有炎火千里，蝮蛇蜒只。山林险隘，虎豹蜿只。鰅鳙④短狐，王虺骞⑤只。魂乎无南！蜮伤躬只。魂乎无西！西方流沙，漭洋洋只。豕首⑥纵目，被发鬤⑦只。长爪踞牙，诶笑⑧狂只。魂乎无西！多害伤只。魂乎无北！北有寒山，逴龙赩⑨只。代水不可涉，深不可测只。天白颢颢⑩，寒凝凝只。魂乎无往！盈北极只。

魂魄归来，闲以静只。自恣荆楚，安以定只。逞志究欲，心意安只。穷身永乐，年寿延只。魂乎归来！乐不可言只。

【注释】

①遽（jù）：争相。

②冥：幽冥。凌：驰骋。浃（jiā）：遍。

③浟浟（yóu）：水流动的样子。

④鰅鳙（yǒng yōng）：神话传说中的鱼。

⑤王虺（huǐ）：大蛇。骞（qiān）：抬头。

⑥豕（shǐ）首：猪头。

⑦鬤（ráng）：毛发蓬乱的样子。

⑧诶（xī）笑：嬉笑。

⑨赩（xì）：赤色。

⑩颢颢（hào）：白茫茫。

一日，楚国鄂君子皙坐船出游。有一位越人船夫看见他，心生敬慕，于是对他歌唱："今夕何夕兮，搴舟中流。今日何日兮，得与王子同舟。蒙羞被好兮，不訾诟耻。心几烦而不绝兮，得知王子。山有木兮木有枝，心悦君兮君不知。"歌声悠扬缠绵，委婉动听，鄂君大受感动，当即走过去拥抱船夫。

这便是后来成为楚辞艺术源头之一的《越人歌》。这一阕《越人歌》，荡开双桨，划过越地柔媚的水波涟漪，从春秋穿越而来，最终在楚地生根，结出硕大美丽的文学之花。而"山有木兮木有枝，心悦君兮君不知"的动人表达，此后更成为男女间最朴素纯粹、明净纤婉的爱情表白。

然而，在屈原的世界里，"心悦君兮君不知"却是难以言说的悲恨。

楚怀王也曾有过执政清明的时期。彼时，君王立志革新，雄心勃勃，臣子竭忠尽力，出谋划策，君臣合力，国力蒸蒸日上，未来一片光明。这个时候，是心悦君兮君亦知，君臣相悦。

后来，改革触犯贵族利益，使整个朝堂都将愤怒的矛头指向力主变革的屈原，君王则为小人蒙蔽，看不清现状，迷失了方向，更失去了对忠臣的信任，结果，贤臣见疏，小人得志，国事堪忧。这时，君王的"悦"不再，臣子的"悦"也多了几分"悲"和"怨"。

再后来，楚怀王为秦王诱骗，客死异乡，屈原为他写下招魂之辞。此时，便当真是"心悦君兮君不知"了。于流放之际，他固然是恨，是怨，到底还是思念着君王，只盼着有一日君主能够回心转意，了解臣子的一番苦心。如今，他满心思念的君王成了一堆白骨，成了飘荡在异乡的孤魂野鬼，他即便想要表白心志，也无人可诉，而君王也再无法得知他的怀念和深情。

即便如此，他也仍旧不改初衷，心心念念，只盼君王安好。冬去春来，温暖阳光洒遍大地，面对世间万物竞相生长的景象，屈原向天地呼唤："魂魄啊你不要逃，快点归来吧！不要往东，东方有浩瀚的海洋，水深流急，更有螭龙出没，雾雨淫淫，天地间一片茫茫；也不要往南，南方有赤炎千里，山林险峻，蝮蛇虎豹横行，还有怪鱼鲑鲭和含沙射人的短狐，会伤害你的身体；不要往西，西方有无边无际的流沙，那里有眼睛竖长，披头散发，长爪利齿的怪物；更不要往北，北方有寒冷的山岭，遍体通红的烛龙，又有无从涉渡、深不可测的代水。魂啊，归来荆楚大地吧，这里闲适又安静，可以自在遨游，一切如你所愿。"

这是真正的"心悦君兮"：分明只是一个让他伤透了心的君主，可是在君主身死之后，屈原却满怀深情，唯愿他的魂魄能够平安穿越千山万水，回到闲适安静的大地，回到温情脉脉的家国，落叶归根。

心甘情愿走这条路

王褒《匡机》

极运兮不中，来将屈兮困穷。余深愍兮惨怛①，愿一列兮无从。

乘日月兮上征，顾游心兮鄗酆②。弥览兮九隅，彷徨兮兰宫。芷闾兮药房，奋摇兮众芳。菌阁兮蕙楼，观道兮从横。宝金兮委积，美玉兮盈堂。桂水兮潺湲，扬流兮洋洋。蓍蔡③兮踊跃，孔鹤兮回翔。

抚槛兮远望，念君兮不忘。怫郁兮莫陈，永怀兮内伤。

【注释】

①愍（mǐn）：悲痛。惨怛（dá）：忧伤。

②鄗（hào）：周武王所经营的都城。酆（fēng）：周文王所建都城。

③蓍：当作"耆"，老。蔡：大龟。

世事难料，人生无常，对那些错过的人和错过的事，过后回望，只能自责，或抱以深深的遗憾。

但是，任你如何自责、遗憾，世事无法重现，人生也不可能重来。站在人生的交叉路口，向前向后，抑或往左往右，都需要做出选择，而无论选择什么，都只能在这条路上走到最后，因为任何选择，都意味着缺失和遗憾。不会有一个选择，能够满足所有要求，通往无可挑剔的完美。

向左，可能错失右边令人惊喜的美景；向右，又可能失去左边的安稳未来——所谓人生，便是这样两难。

最能诠释这种"两难"的，非屈原莫属。

汉代王褒为屈原立言而作的《九怀》组辞开篇，以《匡机》为名，满怀苦闷地记下了折磨屈原一生的"两难"。

身负才学，立志高远，本是打算为匡救君王、国家危机而竭尽全部忠心和能力，偏偏遭逢"极运兮不中"，天道运行无常，君主无道，使一个赤胆忠心的贤臣"来将屈兮困穷"。他怀抱着崇高的理想，时时准备为君王尽忠，为家国抛头颅洒热血，君王却背过身去，重用、亲近奸佞小人，用一纸冰冷的流放令深深辜负他的忠心，伤害他的理想。

承受委屈，身处困穷，并非最大的痛苦。最大的痛苦是不被任何人理解，想要一诉衷肠却忧告无门。他唯一的逃避之所，唯有心灵的净土，唯有那一片不受束缚的想象的天空。于是，他在想象中乘坐日月向上飞升，在天庭仙境徜徉。他看到芷草做的宫殿大门，白芷做的房屋，芳香郁勃，看到薰草为阁，蕙草为楼，高大华丽的建筑之间，阡陌交错纵横，金银宝石四处堆积，华美的玉石布满厅堂，芳香的水流潺潺流淌，水花飞溅，波流浪涌，硕大的老龟跳跃起舞，孔雀仙鹤回旋飞翔。

天上仙境如此华丽迷人，神游的屈子却在遍观四方边远之地时，忍不住回首顾念镐京酆都。手抚栏杆眺望远方，君

王到底还是他放不下的念想。天上再好，抵不过人间片时。

真是两难。向左，他愿意决然放下一切爱恨，从此一心修道飞仙，不再理会尘世凡俗，却终归还是抛不开、放不下，仍要为了辜负他的君王家国忧愁悲伤；向右，他本可融入世俗，虽不至于像那些奸邪之人一样扰乱法纪，至少也可以做一名平庸之辈，明哲保身，可惜以他的高洁心性，孤高傲骨，注定他只可怀抱永不能实现的理想，与之同生共死。

除了坚持，他什么都做不了，却必须承受百倍的煎熬、折磨，孤独与悲伤。就连坚持本身，也是对他内心的一种折磨——是他自己选择了这条布满荆棘的血路，是他自己在这条路上走得心甘情愿，却难以真正做到心无怨尤和悔恨。

孤身一人来去这人间

王褒《通路》

天门兮墬户，孰由兮贤者？无正兮溷厕^①，怀德兮何睹？假寐兮愍斯，谁可与兮寤语？痛凤兮远逝，畜鴳^②兮近处。鲸鲟^③兮幽潜，从虾兮游渚。

乘虬兮登阳，载象兮上行。朝发兮葱岭，夕至兮明光。北饮兮飞泉，南采兮芝英。宣游兮列宿，顺极兮彷徉。红采兮骍^④衣，翠缥兮为裳。舒佩兮綝缅^⑤，竦余剑兮干将。腾蛇兮后从，飞駏^⑥兮步旁。微观兮玄圃，览察兮瑶光。

启匮兮探筴^⑦，悲命兮相当。纫蕙兮永辞，将离兮所思。浮云兮容与，道余兮何之？远望兮仟眠^⑧，闻雷兮阗阗^⑨。阴忧兮感余，惆怅兮自怜。

【注释】

①溷（hùn）厕：胡乱错杂地置身其间。

②鴳（yàn）：雀一类的小鸟。

③鲟（xún）：一种大鱼。

④红采：彩虹。骍（xīng）：红色。

⑤綝缅（xǐ）：繁盛的样子。

⑥駏（jù）：兽名。

⑦匮：匣子。筴（cè）：古代占卜用的蓍草。

⑧仟（qiān）眠：暗昧不明的样子。

⑨阗阗（tián）：形容声音很大。

　　唐代进士卢藏用身无官职，为入朝为官，曾于都城长安附近的终南山隐居。当然，隐居是假，借此振作名声是真，后来，他果然得到朝廷重用。

　　后人将这一通达仕途、获取名利的手段称之为"终南捷径"，是十足的讥讽之意。但古往今来，走捷径入仕的人，从来不缺。只因名利好比繁花美酒，迷人眼，醉人心，让人万万断绝不了痴想。

　　王褒写《通路》，也是欲通达仕途之意，却并非为了寻一条终南捷径，坐享名利，而是希望能为屈原找到一条能够直通仕途的路，盼着天下所有有才识抱负的贤人，能够为国为君所用，施展雄心壮志。

　　在一个小人当道、君主昏聩的晦暗时代，这样崇高的理想注定不能成为现实。现实是：君主任由奸佞的臣子置身朝堂，却看不见有德之士的踪影，不能任用贤才，致使凤凰远走，巨鲸鲟鱼深藏海底，有才德的忠贞臣子离开君王，彷徨远游。

　　没有一条路通往理想，也没有一条路通向君王。言路不通的朝廷，无法被倾诉和聆听的心志，无从实现的抱负，无法施展的才华，在贤臣面前，命运如一堵暗昧不明、却坚固无比的墙，阻挡住所有的希望和追求。

　　唯一的缝隙，是想象中的远游。

乘着虬龙，骑着神象，遨游天上。清晨路过西方的葱岭，黄昏时分抵达东方的明光神山，去北方的飞泉之谷解渴，去南方采摘瑞草灵芝，游遍二十八星宿，绕着北极星徘徊，七色的彩虹做衣，浅青色的云朵为裳，佩戴着光彩照人的玉佩，手握吴国干将的宝剑，神龙腾蛇跟随在后，善跑的飞驱随侍两旁，只需要侧目，便可以窥见天帝的宫殿，只需要抬眼，即可以观察北斗七星。

没有比这更自由、更畅快、更奢华的事。可惜只是想象。从想象中跌落现实之后，忠臣贤士只能打开命运的匣子，拿出那根占卜的蓍草，悲叹此生困塞多难。天上的流云飘浮不前，雷声轰隆作响，故国在混沌的远方，再难企及，而他茫然四顾，不知道自己此后将何去何从，不知道晦暗的命运里，还有谁会与他相和。

在流放之后每一个和衣而睡、不曾入眠的深夜，他想必千百遍地面壁呼告："有谁来与我相对而语？"这份呼告，只是无声。没有人能够与他相对而语，甚至没有人能够附和他的自言自语。世俗太过卑微，而他太过高绝，没有一条路可供他堕入卑俗，他唯有孤身一人穿山越水，来去这荒茫的人世间。

卷三　烟雨中的美丽与哀愁

　　他在这漫长而迅疾的时日里，看天色越来越阴晦，看生命渐渐走至尽头，看世事越来越污浊，自己却只徒然熬断了心肠，将满腔心事熬成了灰。

在永无止息的悲伤里没顶

东方朔《沉江》节选

　　世从俗而变化兮，随风靡而成行。信直退而毁败兮，虚伪进而得当。追悔过之无及兮，岂尽忠而有功。废制度而不用兮，务行私而去公。终不变而死节兮，惜年齿之未央。将方舟而下流兮，冀幸君之发矇①。痛忠言之逆耳兮，恨申子②之沉江。愿悉心之所闻兮，遭值君之不聪。不开寤而难道兮，不别横之与纵。听奸臣之浮说兮，绝国家之久长。灭规矩而不用兮，背绳墨之正方。离③忧患而乃寤兮，若纵火于秋蓬。业④失之而不救兮，尚何论乎祸凶？彼离畔而朋党兮，独行之士其何望？日渐染而不自知兮，秋毫微哉而变容。众轻积而折轴兮，原咎杂而累重⑤。赴湘沅之流澌⑥兮，恐逐波而复东。怀沙砾而自沉兮，不忍见君之蔽壅⑦。

【注释】

　　①发矇：醒悟。

　　②申子：指伍子胥。

　　③离：遭遇。

　　④业：已经。

　　⑤原：众多。咎（jiù）：过错。累重：累积。

⑥流溯：流水。

⑦蔽壅：被群小蒙蔽。

自屈子沉江之后，南国的水泽之畔便留下了千年咏叹。每一个在江边徘徊怅惘的人，都会忆起头戴冠玉、腰挂宝剑、身佩香草的屈原，想象那道高洁孤傲的身影是怎样绝望、决绝、孤独地纵身跃入了汨罗的滚滚水流里——从此浑浊的世间不再有他，却也仍有千千万万个高洁不屈的文人士子，借着他的魂灵重生，重复着他的悲剧命运。

在汉武帝身侧以文才邀宠时，壮志难伸的东方朔或许也忆起了自沉湘水的屈身，他惊叹他们的命运如此相似，惊叹这个世界在屈原殉身之后，仍然没有丝毫改变，仍然对身负才华的人如此吝啬苛刻，所以他用手中妙笔写下华美辞赋，记下屈身一生悲欢，却是借他人酒杯，浇心中块垒，倾诉自己的隐痛和衷肠。

他在屈身身死之后，隔着漫长的、蒙尘的时光，祭奠清白高洁的魂灵；他身在遥远的北地，却苦吟着南国的美丽和哀伤。在他与屈身之间，时空已然经历了几度变幻更改，不变的唯有这个"从俗"的醒龊尘世：诚信忠直的臣子遭受贬斥，虚伪狡诈之徒却可以青云直上；逆耳的忠言不仅不能够被采纳，还会为直言之人带来祸患，顺耳的谎言谗言却受到君王的赏识；独来独往的正直君子一心为国，触怒君王，放逐遇害，结成朋党的奸佞之人一心营私，却活得比谁都要顺遂，如鱼得水。

无论是在辽阔的楚国大地，南方泽畔，还是在泱泱大汉

的都城，楼台宫池，悲剧从来也不曾断绝。若要守住干净的人格节操，就必得承接见疏遭贬的代价；若愿意披肝沥胆，竭力报效尽忠，就必须有为之生为之死的觉悟；若以清白之躯生在一个太过污浊的尘世，就必会在永无止息的悲伤里没顶。

昨日的屈子死去了，今日的东方朔仍然活着。他知道唯有死亡能够终结一切悲伤，终结这毫无希望的一生，带来彻底的安慰，却未必有屈原的决绝和勇气，能够不断向世界追问，向死亡追索答案。屈原的独一无二，只可遥望，不可触摸，他只能惘然记下前辈的爱恨生死，借此将心底浓郁的哀伤冲淡一点，继续在这个不够好的世间郁郁活着，寻找属于自己的那一份答案，如此而已。

唯愿山河朗朗清清

屈原《离骚》节选

　　帝高阳之苗裔[①]兮，朕皇考曰伯庸。摄提贞于孟陬兮，惟庚寅吾以降。皇览揆余初度兮，肇锡余以嘉名。名余曰正则兮，字余曰灵均。纷吾既有此内美兮，又重之以修能。扈江离与辟芷[②]兮，纫秋兰以为佩。汩余若将不及兮，恐年岁之不吾与。朝搴阰之木兰[③]兮，夕揽洲之宿莽。日月忽其不淹兮，春与秋其代序。惟草木之零落兮，恐美人之迟暮。不抚壮而弃秽兮，何不改乎此度？乘骐骥[④]以驰骋兮，来吾道夫先路。

　　昔三后之纯粹兮，固众芳之所在。杂申椒与菌桂[⑤]兮，岂维纫夫蕙茝？彼尧舜之耿介兮，既遵道而得路。何桀纣之猖披兮，夫唯捷径以窘步。惟夫党人之偷乐兮，路幽昧以险隘。岂余身之惮殃兮，恐皇舆之败绩。忽奔走以先后兮，及前王之踵武。荃不察余之中情兮，反信谗而齌怒[⑥]。余固知謇謇之为患兮，忍而不能舍也。指九天以为正兮，夫唯灵修之故也。曰黄昏以为期兮，羌中道而改路。初既与余成言兮，后悔遁而有他。余既不难夫离别兮，伤灵修之数化。

　　余既滋兰之九畹兮，又树蕙[⑦]之百亩。畦留夷与揭车兮，杂杜衡与芳芷。冀枝叶之峻茂兮，愿俟时乎吾将刈。虽萎绝其亦何伤兮，哀众芳之芜秽。众皆竞进以贪婪兮，凭不厌乎

求索。羌内恕己以量人⑧兮，各兴心而嫉妒。忽驰骛以追逐兮，非余心之所急。老冉冉其将至兮，恐修名之不立。朝饮木兰之坠露兮，夕餐秋菊之落英。苟余情其信姱以练要兮，长颇颔⑨亦何伤？揽木根以结茝兮，贯薜荔之落蕊。矫菌桂以纫蕙兮，索胡绳之纚纚。謇吾法夫前修兮，非世俗之所服。虽不周于今之人兮，愿依彭咸之遗则。

长太息以掩涕兮，哀民生之多艰。余虽好修姱以靰羁兮，謇朝谇⑩而夕替。既替余以蕙纕兮，又申之以揽茝。亦余心之所善兮，虽九死其犹未悔。怨灵修之浩荡兮，终不察夫民心。众女嫉余之蛾眉兮，谣诼谓余以善淫。固时俗之工巧兮，偭规矩而改错。背绳墨以追曲兮，竞周容以为度。忳郁邑余侘傺⑪兮，吾独穷困乎此时也。宁溘死以流亡兮，余不忍为此态也。鸷鸟之不群兮，自前世而固然。何方圜之能周兮，夫孰异道而相安？屈心而抑志兮，忍尤而攘诟⑫。伏清白以死直兮，固前圣之所厚。

【注释】

①苗裔（yì）：后代。

②辟芷（zhǐ）：幽香的芷草。

③木兰：香木名。

④骐骥（qí jì）：骏马。

⑤菌桂：像竹子一样圆的桂树。

⑥斋（jì）怒：暴怒。

⑦树：栽种。蕙：香草，俗称佩兰。

⑧恕己以量人：以自己之心在忖度他人。

⑨顑颔（kǎn hàn）：因食不饱而面黄肌瘦的样子。

⑩谇（suì）：谏。

⑪侘傺（chà chì）：精神恍惚。

⑫攘诟（rǎng gòu）：容忍耻辱。

若非一篇洋洋洒洒、浪漫诡谲的《离骚》，恐怕屈原其人，也不过被掩埋于漫漫时光的烟尘中，哪怕在心中呐喊了千遍万遍，那微弱的心光也不能穿透茫茫暗夜，抵达今人的眼中耳际；他的骄傲和孤独、怨尤和悲伤、才华与品性，也不至于在时间长河的淘洗中傲然独立，愈发清亮，熠熠生辉。

当他离开君王、朝廷，孑然一身独行于生命的荒漠中，"长太息以掩涕"，哀叹人生几多艰难时，那些关于家国的念想，关于命运的痛诉，关乎理想与现实的思索，必定千百遍地在他心头如滚雷般碾过，然后，没有答案，没有出路，甚至连虚假的慰藉都没有。他黯然又黯然，叹息再叹息，终于以血为墨，以泪为书，记下了这场无与伦比的孤独，记下了这颗心全部的盛放与凋零。

彼时，他被放逐于汉北之地，离国都并不遥远，然而朝堂之上的起落，他已只可仰望，此生命运的浮沉，他已只手难握。

这是一个孤独的臣子，一腔忠诚空付，满身清白遭污，他孤零零地站立于朝堂之上，指点江山，却无人可以领会，无人愿意理解，即使说自己"九死未悔"又如何？终究只是一个人的凌空虚蹈。

他还是一位孤独的诗人，兰茝吐露芬芳，蕙草馨香如

故，蛾眉横绝，如氤氲远山，如秀美诗画，鸷鸟在晴空浮云间振翅高飞，卓然立于天地之间——在汪洋恣肆的想象中，这个世界仍可以倾尽风华，安好如初，而他超脱于污浊人世的清白之躯与高洁之心，又怎能靠华丽深情的辞藻言说殆尽？即使愿意"溘死以流亡"、愿意"伏清白以死直"，以死明志，将一番心志写得浪漫热烈，动人回旋，也无法为命运换取分毫余地。

本是为抚慰孤独，才倾吐孤独，可是在这些如大河奔流，浩浩荡荡的辞句里，孤独却早已锥心蚀骨。他用惊世的才情，燃尽胸中激情，用醉人的文字的酒，痛浇心中块垒，末了却发现，痛苦仍然如鲠在喉。他真是不懂，何以这世间人人"偭规矩""背绳墨"，争名逐利，贪得无厌，投机取巧，毫无原则，尚可活得如鱼得水，而他只是不想迎合这个丑恶的、黑白颠倒的世界罢了，却必须付出如此绝望的代价，必须将一颗心浸淫在悲哀的苦海里，翻来覆去地熬出生命的绝响，才得以偿还他最初的、也是最后的坚持。

也罢，清白的人生既然如此艰难，那就为此祭出所有，唯愿此后的楚国大地，朗朗清清，山河无尘，不再记起他灿若星辰的寂寞和铺天盖地的孤独。

让死亡带走一切

屈原《怀沙》

滔滔孟夏兮，草木莽莽。伤怀永哀兮，汨徂①南土。眴兮杳杳②，孔静幽默。郁结纡轸③兮，离慜而长鞠④。抚情效志兮，冤屈而自抑。

刓方以为圜⑤兮，常度未替。易初本迪兮，君子所鄙。章画志墨兮，前图未改。内厚质正兮，大人所盛。

巧倕不斲⑥兮，孰察其拨正。玄文处幽兮，矇瞍谓之不章。离娄微睇兮，瞽⑦以为无明。变白以为黑兮，倒上以为下。凤皇在笯⑧兮，鸡鹜翔舞。同糅玉石兮，一概而相量。夫惟党人鄙固兮，羌不知余之所臧。任重载盛兮，陷滞而不济。怀瑾握瑜兮，穷不知所示。邑犬之群吠兮，吠所怪也。非俊疑杰兮，固庸态也。文质疏内⑨兮，众不知余之异采。材朴委积兮，莫知余之所有。

重仁袭义兮，谨厚以为丰。重华不可遌⑩兮，孰知余之从容！古固有不并兮，岂知其何故？汤禹久远兮，邈而不可慕。

惩连改忿兮，抑心而自强。离慜而不迁兮，愿志之有像。进路北次兮，日昧昧其将暮。舒忧娱哀兮，限之以大故。

乱曰：浩浩沅湘，分流汨兮。修路幽蔽，道远忽兮。怀质抱情，独无匹兮。伯乐既没，骥焉程兮。万民之生，各有

所错兮。定心广志，余何畏惧兮？曾伤爰哀，永叹喟兮。世溷浊莫吾知，人心不可谓兮。知死不可让，愿勿爱兮。明告君子，吾将以为类兮。

【注释】

①泪（yù）：快速行走。徂：去。

②眴（xuàn）：看。杳杳：昏暗。

③纡轸（yū zhěn）：内心痛苦。

④慜（mǐn）：哀痛。鞠（jū）：困苦。

⑤刓（wán）：削。圜：同"圆"。

⑥倕（chuí）：虞舜时传说中的能工巧匠。斲（zhuó）：砍。

⑦瞽（gǔ）：盲人。

⑧笯（nú）：笼子。

⑨内（nè）：木讷。

⑩遌（è）：遇。

公元前278年五月初五，屈原投江而亡。

此后数千年，每逢这一日，人们在赛龙舟、吃粽子，欢度端阳佳节之时，总会记起这位自尽以殉国的忠臣，记起汨罗江的河水是如何吞噬了他赤胆忠心、百折不挠的理想，又是如何托出了千年的怀念和哀愁。

唐人文秀《端午》诗曰："节分端午自谁言，万古传闻为屈原。堪笑楚江空渺渺，不能洗得直臣冤。"时至今日，楚地的水流仍然汨汨有声，簇拥着"屈原"这个流芳百世的名字，滚滚东去。而屈原的冤屈、痛苦，却并未被流水冲淡分毫，它们随同那场强悍决绝的死亡被时光和历史定格，伴着他的慷慨文字和华丽歌谣被后人不断传诵，愈发清晰、疼痛。

那是盛夏，热浪滔滔，草木莽莽，整个南方大地散发出蓬勃的生机，屈子心中却萌生了冰冷的死志。

这是一个"变白以为黑""倒上以为下"的时代，凤凰被困于笼中，鸡鸭却能够肆意飞舞，任他内蕴再美好，文采再出众，怀抱美玉，手握宝石，也只能深陷困境，不被理解，不被接受，甚至还要承受庸人小人的毁谤和猜忌。他怀着一厢情愿的热情和对家国的深爱，奔走呼号，坚韧不屈，却眼看着自己离朝堂越来越远，眼看着楚国在战国群雄的争斗中步步退却。兴亡成败，他都只手难及，丝毫做不了主。当秦将白起攻破楚都郢都时，屈原终于对什么也做不了、什么也挽回不了的自己感到绝望，决心赴死。

写这首《怀沙》时，赴死的悲伤，已如夏日最蛮荒的气息侵袭天地，肆无忌惮地占据了他的身心。

"古固有不并"，当是屈原死前最痛切的领悟。明君、贤臣并不常生在同一个时代，自古以来便是如此，所以，楚怀王、顷襄王对他的放逐、轻视、打击，原是常有之事，并不值得为之如此忧愁悲哀。他自问"怀质抱情，独无匹兮"，内心修美，品格坚贞，无人可以匹敌，也清醒地知晓"伯乐既没"，再优秀的马亦无用武之地——他固然无力改变这个混浊的世界，世界却同样无力改变他坚如磐石、高洁清澈的心志。

最终，他说"人心不可谓"，因为面对世事人心，他确

实已无话可说。

谁都不必再评判他，他也不会再去评判谁，就让死亡带走一切，也终结一切。

至死他才知"万民之生，各有所错"，人人皆有专属于他自己的命运，再深刻庞大的悲喜忧乐，也不过寻常。他可以自认比谁都要骄傲、干净，但是命运本身并无高下之分。唯有他的悲伤和孤独，镌刻进历史，光耀万世。

命运就此打了一个死结

屈原《惜诵》节选

思君其莫我忠兮，忽忘身之贱贫。事君而不贰兮，迷不知宠之门。忠何罪以遇罚兮，亦非余心之所志。行不群以巅越兮，又众兆之所咍①。纷逢尤以离谤兮，謇②不可释。情沉抑而不达兮，又蔽而莫之白。心郁邑余侘傺兮，又莫察余之中情。固烦言不可结诒③兮，愿陈志而无路。退静默而莫余知兮，进号呼又莫吾闻。申侘傺之烦惑兮，中闷瞀之忳忳④。

【注释】

①咍（hāi）：嘲笑。

②謇（jiǎn）：句首发语词。

③诒（yí）：赠送。

④闷瞀（mào）：内心烦乱。忳忳（tún）：忧愁。

当整个世界化作一面坚不可摧的障壁，只为阻挡住一个脆弱的理想时，身怀理想之人以卵击石的悲壮感，以一己之心深爱世界、以一己之力抵抗世界的孤独感，也就不可能被治愈。

在遭流放之前，屈原对命运早有了预感。从前，楚怀王

也曾有雄心壮志，任用优秀正直的臣子大刀阔斧改革朝政，可惜不敌小人的谗言。君王的疏远，信任的裂痕，权力的流失，种种迹象，皆是不祥前途的预示。

有预感，却无从改变命运；清醒于前路的崎岖，却又不甘于忍受，这或许才是屈原孤独和痛苦的根源。

高高在上的君主只有一位，身为臣子，忠贞不贰自是本分。可是他万万没有料到自己会因此而获罪。在一个君主昏聩的时代里，原来坚持忠贞也是过错。为国为民竭心尽力，只换来君王的疏远；不肯自降品格，谄媚邀宠，如一颗宝石般在龌龊的朝堂闪闪发亮，最终也不过迎来蒙尘见弃的结局。

他悲怆道："有谁能如我一般忠贞不贰？"然而小人兀自忙着邀宠、钻营，君王也忙着亲奸臣、远贤臣，谁也听不见他发自内心的呼喊。他的"行不群"，与众不同，注定了他的孤独。被人嘲笑也好，因"离谤"而遭受罪责也罢，所有的痛苦都无理可讲，无可慰藉，也无法开解。

正是至深的爱长出了倒刺，给了他至深的伤害，将他刺得鲜血淋漓。可是他偏偏还要转过身，再去拥抱那些尖刺。他对家国、君王的爱，便是如此，任它带来了怎样的悲伤与绝望，仍然为之九死而不悔。

所以他"情沉抑""心郁邑"，却没有办法解释表白，上达天厅的道路早就被壅蔽，他只能将话语堆积在心底，把失意忧郁、愁闷彷徨都压抑在面容之后。以为不说，痛苦就不会变成现实。可是，待要真的退而静默，却又担忧直到死去都要背负这样的污名，于是他写下满纸痛惜疾呼之语，期待着有人可以读懂。然而纵使他大声疾呼，也根本无人肯听。

茫然四顾，左右前后，皆是两难。仿佛命运就此打了一个死结，不给他丝毫余地，任他在文字的幽暗深井里溺毙，在情绪的封闭细径里自锁，生命再无任何光亮。

在生命的凄凉晚照里

宋玉《九辩》节选

悲哉秋之为气也！萧瑟兮草木摇落而变衰，憭慄①兮若在远行，登山临水兮送将归，泬寥②兮天高而气清，寂寥③兮收潦而水清，憯悽增欷兮薄寒之中④人，怆怳忼恨⑤兮，去故而就新，坎廪兮贫士失职而志不平，廓落兮羁旅而无友生。惆怅兮而私自怜。燕翩翩其辞归兮，蝉寂漠而无声。雁廱廱⑥而南游兮，鹍鸡啁哳⑦而悲鸣。独申旦而不寐兮，哀蟋蟀之宵征。时亹亹而过中⑧兮，蹇淹留而无成。

【注释】

①憭慄（liáo lì）：凄凉。

②泬寥（xuè liáo）：晴朗空旷，天高气清的样子。

③寂寥（jì liáo）：清澄平静。潦（lǎo）：雨水。

④憯（cǎn）悽：悲痛。欷（xī）：叹息。中（zhòng）：侵袭。

⑤怆怳（chuàng huǎng）：失意悲伤。忼恨（kuàng liàng）：失意怅惘。

⑥廱廱（yōng）：雁鸣声。

⑦鹍（kūn）：一种长得像鹤的鸟。啁哳（zhāo zhā）：形容声音杂乱细碎。

⑧亹亹（wěi）：行进不停。过中：过了中年。

四季走了一个轮回，若不去理会，第一朵花的初绽，第一片新叶的舒展，绿意如浓墨泼洒天地人间的时刻，及至第一层黄叶的凋萎满落，第一阵寒霜白露的降临，世界化作空茫、生命陷入迟缓的时刻，全都与人无干，彼此之间也可以毫无惊动。

而一旦理会了四季变迁，则春盛时要感伤，长夏时须无聊，秋浓时止不住悲哀，冬临时免不了绝望，只因四时之变，好比时光、生命的流淌，一路滔滔而下，悉数卷走青春盛景、此生华年，永远回不了头。

这番对岁月触目惊心的凋蚀的切肤之叹，中原先民在"诗三百"里早有唱和，《蜉蝣》《摽有梅》《萚兮》，对于流逝不回的时光和生命，皆有痛切感伤和眷眷留恋。楚地的先民同样以敏锐易感之心，于亘古的时间之流中打捞出与自身命运相契合的部分，发之为歌，传之千古。屈原在《招魂》中道"目极千里兮伤春心"，用开阔辽远的境界和婉转缱绻的感情，早早开了千载伤春之叹，宋玉《九辩》中的"悲哉秋之为气也"，亦用一个重似千钧的"悲"字，牵出一篇辞章华丽的辞赋，由此引出万古悲秋之慨。

若换个角度看，秋天本是天朗气清、水流清澄的季节，湮灭了春日的烦愁，阻隔了夏日的混沌，只余一派明丽爽快，而宋玉身在其中，却只感觉到"憯悽""怆怳""忼慨"，仿佛此身此心，大好的华年，都在这寂寞萧瑟的深秋被辜负。

史载宋玉在楚庄王时为官，作为楚王的御用文人，出身并不高贵，也没有屈原那样的气魄和才华，以致终生仕途

难显。原本应当结出累累硕果的生命的收获季节，却碌碌无为，一事无成，他为天地之秋做一曲悲歌，何尝不是在悲叹自己的生命之秋？

看那草木摇落凋零，天地之间一片萧瑟，秋意之浓烈凄凉，堪比登山临水送人踏上归程，别情之沉重伤感，又像人在远行途中，来路无寻，前路亦是苍茫。好比他的人生，已行过四分之三的路程，有过繁花似锦的璀璨青春，有过绿浓深阴的茂盛年华，如今却在枯叶飘零的孤寂岁月里搁浅，将自己的前程志向耽搁在遥远的异乡，流落无依，失意悲伤，自艾自怜。

年复一年，燕子辞别北地，翩翩南飞，寒蝉凄寂无声，大雁高鸣，翻山越岭向南迁徙，蟋蟀在深秋凉夜里彻夜悲鸣，唯有他，通宵达旦难以入眠，看秋色又一次侵袭大地，而自己仍苦苦淹留在生命的深秋。时光倏忽而逝，残忍如斯，他仍眷恋挽留，唯盼这草草错身而过的美好，能够多停驻一会儿，让他不至于在生命的凄凉晚照里，连一点温情都不曾有。

生命已是一口枯井

屈原《涉江》节选

　　余幼好此奇服兮，年既老而不衰。带长铗①之陆离兮，冠切云之崔嵬。被明月兮佩宝璐。世溷②浊而莫余知兮，吾方高驰而不顾。驾青虬兮骖白螭③，吾与重华游兮瑶之圃。登昆仑兮食玉英，与天地兮同寿，与日月兮齐光。哀南夷之莫吾知兮，旦余济乎江湘。

　　乘鄂渚而反顾兮，欸秋冬之绪风④。步余马兮山皋，邸余车兮方林。乘舲⑤船余上沅兮，齐吴榜以击汰。船容与而不进兮，淹回水而疑滞。朝发枉陼⑥兮，夕宿辰阳。苟余心其端直兮，虽僻远之何伤。

　　入溆浦余儃佪⑦兮，迷不知吾所如。深林杳以冥冥兮，猿狖⑧之所居。山峻高以蔽日兮，下幽晦以多雨。霰雪纷其无垠兮，云霏霏而承宇。哀吾生之无乐兮，幽独处乎山中。吾不能变心而从俗兮，固将愁苦而终穷。

【注释】

　　①长铗（jiá）：长剑。

　　②溷（hùn）：混乱。

　　③虬（qiú）：有角的龙。骖（cān）：驾驭车两旁的白螭。

螭（chī）：无角的龙。

④欸（ǎi）：感叹。绪风：大风。

⑤舲（líng）：有窗子的船。

⑥枉陼（zhǔ）：地名，沅水中的一个河湾。

⑦溆（xù）浦：今湖南溆浦一带。僤（chán）佪：徘徊不前。

⑧猨（yuán）：一种猕猴。狖（yòu）：一种猿猴。

读屈原，其间哀愁苦楚，流浪动荡，犹如中世纪的行吟诗人行走于天地人间，苦吟低唱一路的风景与悲喜，他的前方，仍是漫长无止境的旅途，身后沧海却已成桑田。

站得太高，看得太远，所以无法见容于世；又因为爱得太深，所以无法真正超脱尘俗，屈原此生，是注定了孤独，注定了痛苦两难。

当这位腰系长长宝剑，头戴高高发冠，身上装饰明月珠，佩戴美玉的诗人，失落了最璀璨的青春华年，失落了终其一生的政治梦想，被一而再、再而三地贬谪，最终远远放逐江南之时，不知他纯白如缎的内心是否生出过一丝黑色的懊悔，不知他是否想过：若自己少一些痛苦的坚持，多一些轻易的妥协，也不至于落到如此地步。

这分明是一个"溷浊"的、从不试图理解自己的尘世，他身在其中，却偏要将一颗心打理得纤尘不染，穿上奇装异服，架着青龙白龙，腾云而上，驰骋高飞，誓要与天地同寿，与日月同光——狭隘阴暗的浊世，怎可容下这样肆无忌惮的自由纵情，这样耀眼的光彩和绝美风姿？

遭逐，见弃，不过是必然的结局。心灵尽可以高蹈于世俗，摒绝寒冷坚硬的现实，身体也仍要回到原点，收拾行装，打点心情，渡过湘水，去到遥远的放逐地。至多，他只能哀叹一声"南夷之莫吾知"，他的家国，他的君民，不能理解和接受他纯净无瑕的灵魂与心志，仅此而已。

一路上，大风凄寒，车马劳顿。船行于江流之中，遭遇疾风大浪，仿佛深谙他留恋家国的心绪，兀自徘徊不前，实在多情之至。屈原自己，确是迷茫犹豫，不知所往，看前方树林幽深昏暗，山势高峻陡峭，遮天蔽日，更兼阴雨霏霏，滞重阴郁，雪花纷扬，无边无际，一如此生再也不会明朗的前途。

生命已是一口枯井，了无生趣。若心灵能随之一同枯萎，也是好事。偏偏不能，他连随波逐流都做不到，何况心死？于是，最终他也只好捧着一颗正直无偏、晶莹剔透、光耀万物的心，独自在这个太过扭曲、太过脏污的俗世蹒跚而行，尝尽忧愁苦闷、困穷终生的滋味，直至行至生命的尽头。

物是人非事事休

屈原《招魂》节选

乱曰：献岁发春兮，汩^①吾南征，菉^②萍齐叶兮白芷生。路贯庐江兮左长薄，倚沼畦瀛^③兮遥望博。青骊结驷^④兮齐千乘，悬火延起兮玄颜烝^⑤。步及骤处兮诱骋先，抑骛若通兮引车右还。与王趋梦兮课后先。君王亲发兮惮青兕^⑥，朱明承夜兮时不可以淹。皋兰被径兮斯路渐。湛湛江水兮上有枫，目极千里兮伤春心。魂兮归来哀江南！

【注释】

①汩（yù）：急速。

②菉（lù）：草名。

③瀛（yíng）：水泽。

④骊（lí）：黑色的马。驷：一车四马。

⑤悬火：夜间打猎，点起火把。延起：光焰连成一片。玄颜：黑暗的天色。烝（zhēng）：光热上腾。

⑥兕（sì）：兽名。

如果说《诗经》是中原大地的哀而不伤，乐而不淫，规整而有节制，那么《楚辞》便是摇曳荡漾在南国草泽水流中一曲浪漫瑰丽的歌谣，极致的爱，极致的恨，喜怒悲欢，离合哀乐，杂糅在温暖阳光和云雾水汽里，弹奏歌吹，总也唱不到尽头。

巫楚山河的神秘、热烈、自由，一经发之为歌，便有盛大迷人的风姿，让人止不住地沉醉渴慕。即使是一支悲歌，也因为江河的涛涛气象、水泽汨汨地流淌、草木葱茏的气息，而生出可击节而歌且又蜿蜒如水的美感。

如《招魂》，本是"凄入肝脾"的召唤亡灵之作，却仍不失"哀感顽艳"（繁钦《与魏文帝笺》）的诗意，只因楚地风情，江南气质，一经入诗，便已是浑然天成的美。

按楚地风俗，客死异地的魂灵应在招魂仪式上被招回故土。彼时，楚怀王客死秦国，虽是由自身昏庸所致，但是怀王被秦王拘禁后，到底还有铮铮铁骨，不肯割地屈服，比之此后即位的懦弱的顷襄王，实在要好得多。所以楚人在顷襄王的治理下，反倒对从前的怀王生出了依依怀念。

这一篇由时任三闾大夫的屈原写就的招魂文，足可代表楚人心声。又兼之文采华美，铺张扬厉，拳拳忠君之心、切切思君之意于字里行间历历在目，若和声而歌，当能震人心魄、催人泪下。

怀王重用过屈原，也曾听信谗言而疏远、放逐过他，然而在怀王逝去三年后，屈原殷殷张望西秦的方向，悠悠呼唤"魂兮归来"时，仍是满怀赤子深情：流浪在远方的魂魄啊，归来吧，归来吧，四方天地如此险恶，唯有故国安稳逸乐，不要再四处游荡了，回到家乡故土吧。

他忍不住遥想自己当年随怀王南征，在云梦的楚国猎

场一同狩猎的情景：广袤无边的楚国大地上，春意始发，蓂萍叶芽初绽，白芷欣然生长，乔木水泽相接千里，黑色车马阵容浩大，狩猎的火把绵延弥漫，照亮了整个夜空。那一场云梦狩猎，盛大热闹，怀王御驾，箭无虚发，亲手射杀了青兕，而如今那片纵目千里一望无垠的土地，唯有遮蔽了道路的兰草疯长，唯有高大的红枫安静映照在清澈江水里，让每一个凝望的人心底升腾起浓郁的春愁。

数千年来，所谓伤春之情，从来也不是伤感于春日将逝，而是面对时光流转、人生悲欢、世间兴亡，愁苦了心肠。所以，"魂兮归来哀江南"，屈原不断呼唤着怀王魂灵归来，却也怕怀王当真归来后，只能面对这片江南楚地徒然哀叹感伤。

告别了家国，告别了生命的一切美好与憾恨，只有亡魂跨越千山万水归来，万里江山仍旧妩媚多娇，家国、人事，却已不是早先的境况。

物是人非事事休，不仅是怀王之殇，更是屈原心底永存的悲哀。

他有过灿烂的燃烧

刘向《惜贤》

　　览屈氏之《离骚》兮，心哀哀而怫郁①。声嗷嗷以寂寥兮，顾仆夫之憔悴。拨谄谀而匡邪兮，切㳠涊②之流俗。荡渨湴③之奸咎兮，夷蠢蠢之涽浊。怀芬香而挟蕙兮，佩江蓠之斐斐。握申椒与杜若兮，冠浮云之峨峨。登长陵而四望兮，览芝圃之蠡蠡④。游兰皋与蕙林兮，睨玉石之嵯嵯。扬精华以眩燿兮，芳郁渥而纯美。结桂树之旖旎兮，纫荃蕙与辛夷。芳若兹而不御兮，捐林薄而菀⑤死。

　　驱子侨之犇走兮，申徒狄之赴渊。若由夷之纯美兮，介子推之隐山。晋申生之离殃兮，荆和氏之泣血。吴申胥之抉眼兮，王子比干之横废。欲卑身而下体兮，心隐恻而不置。方圆殊而不合兮，钩绳用而异态。欲俟时于须臾兮，日阴曀⑥其将暮。时迟迟其日进兮，年忽忽而日度。妄周容而入世兮，内距闭而不开。俟时风之清激兮，愈氛雾其如壒⑦。进雄鸠之耿耿兮，谗介介而蔽之。默顺风以偃仰兮，尚由由而进之。心忳恨以冤结兮，情舛错以曼忧。搴薜荔于山野兮，采撚支⑧于中洲。望高丘而叹涕兮，悲吸吸而长怀。孰契契而委栋兮，日晻晻⑨而下颓。

　　叹曰：江湘油油，长流汨兮。挑揄扬汰。荡迅疾兮。忧

心展转，愁怫郁兮。冤结未舒，长隐忿兮。丁时逢殃，可奈何兮。劳心悁悁⑩，涕滂沲兮。

【注释】

①怫（fú）郁：心情不舒畅。

②淟涊（tiǎn niǎn）：污浊。

③渨浧（wēi wō）：污浊。

④蠡蠡（lǐ）：行列分明。

⑤捐：放弃。林薄：交错的草木。菀（yùn）：堆积。

⑥阴曀（yì）：天气阴晦。

⑦塺（méi）：尘土。

⑧撚（yān）支：一种香草。

⑨晻晻（yǎn）：日光渐暗。

⑩悁悁（yuān）：忧闷。

楚国山河、楚地风情，于汉皇族后代刘向而言，或许已是过于遥远的记忆，他和那个已然湮灭于历史烟尘之中的国度，隔了生生世世的遥远距离，永不能靠近，因他已是大汉天子脚下的臣民，困居在都城长安，一生郁郁不得志，所

以他吟诵一卷浪漫奇谲的《离骚》时，会感到"心哀哀而怫郁"：楚地先人屈原被逐、遭弃、自沉的命运离他很近，而那些生长于南方水泽之畔的美丽植物，在南国暖风里散发出醉人馨香的芳草，于柔媚空气里伸展出旖旎枝叶的桂树，却只能向旧梦里重温了。

他不能够再如屈原般，怀抱馥郁的蕙草，身佩浓郁芳香的江蓠，手握申椒与杜若，头戴浮云高冠，游览水滨芳林，以高洁之躯在辽阔的楚国大地上彷徨呼喊。他只能站在自己的宿命里，怀念往昔先贤：追随神话中的仙人王子乔远游，仰慕申徒狄对抗殷纣王残暴最终投江而亡，希望自己如义士许由、伯夷那般纯洁高尚，如介子推那般不同流俗，隐居深山。

当然知晓不肯谄媚阿谀顺从时俗的后果：晋国申生惨遭横祸，楚国卞和献玉泣血，吴国子胥被挖去双眼，殷朝比干被剖出心脏，血淋淋的先例填满了历史的缝隙，令人望之却步。所以，他也道"欲卑身而下体""妄周容而入世"，想要卑躬屈节，苟合于世，可惜终究无法办到。

若可以轻易对权贵、世俗折腰，屈原何须用生命去祭奠理想，用死亡来证明自己的忠直清白。若深爱的一切可以轻易放下，他刘向又何须忧国忧民，对君王直谏，倾诉逆耳忠言，由此丧失青云之路，灰心丧气，写下"望高丘而叹涕兮，悲吸吸而长怀"的悲哀文字。

所谓"惜贤"，怜惜的其实是自己。

时光看似"迟迟"，缓慢流逝，实则一回头，岁月早已倏忽而去，他在这漫长而迅疾的时日里，看天色越来越阴

晦，看生命渐渐走至尽头，看世事越来越污浊，自己却只徒然熬断了心肠，将满腔心事熬成了灰。所爱，所恨，皆无从实现，无从发泄，唯有"劳心悄悄，涕滂沱兮"。

所幸，他有过灿烂的燃烧，以血肉为引，以爱恨为火，燃极成灰。

有爱才有恨，正因为燃烧了自己，才有心事成灰。否则，混沌是一生，苟且也是一生，他何必选择命定的孤独，走上布满荆棘的死路，何必如数倾吐心底最深的怅恨与绝望，成就这样一首为后世传诵不绝、壮美哀戚的辞赋？

卷四　千山万水走遍，唯你最美

混浊的世间既容不下他，进退其实也并非那么重要，进也好，退也罢，他都不可能与这个世界握手言和。

孤独或许是好事

屈原《天问》节选

曰：遂古之初，谁传道之？上下未形，何由考之？冥昭瞢①暗，谁能极之？冯翼②惟像，何以识之？明明暗暗，惟时何为？阴阳三合，何本何化？圜则九重，孰营度之？惟兹何功，孰初作之？斡③维焉系？天极焉加？八柱何当？东南何亏？九天之际，安放安属？隅隈④多有，谁知其数？天何所沓？十二焉分？日月安属？列星安陈？出自汤谷⑤，次于蒙汜⑥。自明及晦，所行几里？夜光何德，死则又育？厥利维何，而顾菟在腹？女岐无合，夫焉取九子？伯强何处？惠气安在？何阖而晦？何开而明？角宿未旦，曜灵安藏？

……

禹之力献功⑦，降省下土四方。焉得彼嵞山女，而通⑧之于台桑？闵妃匹合，厥身是继。胡维嗜不同味，而快晁饱⑨？启代益作后，卒然离蠥⑩。何启惟忧，而能拘是达？皆归躬籍，而无害厥躬。何后益作革，而禹播降⑪？启棘宾商，《九辩》《九歌》。何勤子屠母，而死分竟地？帝降夷羿，革孽夏民。胡躬夫河伯，而妻彼雒嫔？冯珧利决，封狶是躬。何献蒸肉之膏，而后帝不若？浞娶纯狐，眩妻爰谋。何羿之躬革，而交吞揆之？阻穷西征，岩何越焉？化为黄熊，巫何活焉？咸播秬黍，莆雚是营。何由并投，而鲧疾修盈？

【注释】

①瞢（méng）：昏暗模糊。

②冯（píng）翼：元气充盈貌。

③斡（guǎn）：运转的枢纽。

④隅（yú）：角落。隈（wēi）：弯曲的地方。

⑤汤（yáng）谷：日出之处。

⑥蒙汜（sì）：日落之处。

⑦献：贡献。功：指治水功业。

⑧通：相会。

⑨晁（zhāo）饱：一朝饱食，比喻一时的快乐。

⑩孽（niè）：忧患。

⑪播降：指繁荣昌盛。

朝堂之上受到怀王重用、施展才华抱负的屈原，和因谗言而失去君王信任、遭到放逐的他，不知哪一个更好。

屈原自己，自然更想回到过去君臣相得的时光。当他在后半生幽暗痛苦的放逐生涯里怀想前半生，总是像在一种痛苦又茫然的感觉里没顶般，将那些沧海桑田的过往雕饰得梦一般迷离感伤。

可是后世的人们，却怀着"国家不幸诗家幸，赋到沧桑句便工"的复杂心情，既欣喜又悲伤地读着他留下的华美文字，那些记下一个忠臣和诗人所有孤独悲喜的辞赋篇章，如宝石般散落点缀在湘江之滨、沅水之畔，无论什么时候拾捡起来，仍是令人感到耀眼。

于屈原，孤独或许是好事。

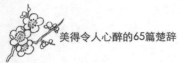

当他一心扑在政事上，忙着实现"齐家治国平天下"的人生理想时，他完成的是身外的使命和理想，绝不会有时间退回来与自己对话，与天地坦诚相见。而在他退出权力中心之后，突然间无所适从，让他感受到难以言喻的孤独，生命这才第一次有了另一种可能。因为遭遇厄运，他才会回过头去反省以往的人生；因为孤独，因为无尽的绝望和痛苦，生命才能摒弃所有的身外之物，实现内在的圆满。

至少，若非身处流放之地，陷于孤独的命运，屈原绝不可能写出一篇洋洋洒洒、起伏跌宕、奇绝深刻的《天问》。

远古初始的情况，由谁流传至今？天地尚未成形之前，又从哪里得以产生？明暗不分蒙昧一片，谁能够探究根源？天地已分，白天光明，夜晚黑暗，究竟为何会是这个样子？阴阳交融而生宇宙，以什么为基础，又化育出了什么？天体分为九重，谁曾去度量过？这样浩大的工程，最初是自谁开始？使天体围绕轴心而转的绳索，系在天轴的什么地方？天轴的顶部，又安置在何处？支撑天体的八根巨柱，又在哪里？东南方的地面为何塌下去一块？四面八方的天际，都在哪里？它们如何连接？天际的角落很多，谁知道它们具体的数量？

天上日月在什么地方会合？黄道天体怎样划分为十二区？日月是怎样附在天上而不会掉下来？群星为何排列得如此井然有序？太阳从早至晚，需要行多少里路？月亮为何残缺之后，又能复圆？月亮上黑色的部分是什么？真的有一只蟾蜍在上面？女岐没有婚配，如何生出九个儿子？风神伯强居住于何处？风从何处吹来？天门闭上就是夜晚，天门打开就是白天，为何如此？天门没有打开之前，太阳还未升起之前，阳光藏在哪里？

奇妙的问题，以一种穷尽藏于深渊的世界奥秘的执着劲头，迎面而来。经历过荣耀和失败之间莫大落差的屈原，在难堪境遇里思索世界和人生，对堂皇存在却无比神秘的天地人间，或许有太多疑问。他不明白宇宙何以成了今天的模样，正如他不明白，他的人生是怎样走到了今天的境地。

最后，当然没有答案。但是，无限接近世界与自身的奥秘，以及前方巨大未知的尝试，是一场超越想象的孤独之旅，只是尝试的过程本身，就已是最大的意义所在。

用生命唤醒麻木的心灵

刘向《离世》节选

身衡陷而下沉兮，不可获而复登。不顾身之卑贱兮，惜皇舆之不兴。出国门而端指兮，冀壹寤而锡还。哀仆夫之坎毒兮，屡离忧而逢患。九年之中不吾反兮，思彭咸之水游。惜师延之浮渚兮，赴汨罗之长流。遵江曲之逶移兮，触石碕①而衡游。波沣沣而扬浇②兮，顺长濑之浊流。凌黄沱而下低兮，思还流而复反。玄舆驰而并集兮，身容与而日远。棹舟杭以横沴③兮，济湘流而南极。立江界而长吟兮，愁哀哀而累息。情慌忽以忘归兮，神浮游以高厉。心蛩蛩④而怀顾兮，魂眷眷而独逝。

叹曰：余思旧邦，心依违兮。日暮黄昏，羌幽悲兮。去郢东迁，余谁慕兮？谗夫党旅，其以兹故兮。河水淫淫，情所愿兮。顾瞻郢路，终不返兮。

【注释】

①石碕：曲折的石岸。

②沣沣（fēng）：波浪声。扬浇：水流回旋。

③棹（zhào）：船桨。舟杭：同"舟航"，船只。沴（lì）：渡水。

④蛩蛩（qióng）：忧虑。

死亡如尖锐的刀刃，截断此生来世的界线，在生者和死者之间划下深不见底、不可逾越的沟壑，从此一个在看不见的幽冥里浮沉，一个在触不到的现世里挣扎，从此生死两茫茫，活着的人只能背负着沉重回忆，独自跋涉，走完这条生已无欢的人生路。

这是死亡的冰冷残忍处。

死亡也自有它的温暖柔软之处：一次便是永别，多好。当人身处巨大的痛苦之中时，会觉得长痛不如短痛，与其只有一线微弱希望，不如全无希望，彻底的绝望，总好过反反复复的折磨。死亡就像一个干脆利落的句点，终结一切绝望苦痛，它是对活着的不幸最大的安慰，是残缺尽头一个虚构的完满，是悲伤尽头一曲安魂的葬歌。

当尊严受到挤压和侵害，当美好的理想遭到玷污，当一个人失去了他愿意为之献出整个生命的最爱，死亡会安静地在不远处等候，时刻准备为人提供终极的解脱。不知刘向因反对宦官专权而入狱时，是否在狱中想象过这个决绝的终点，不知他是否会想，幸好还有死亡这个选择。若没有死亡，他不知道贤德忠良之士该如何对抗一个暗无天日的时代，如何直面一个太过荒谬的世界，如何接受一个再无期许的未来。

他在《离世》中，记下屈原求死的心情。当年屈原离开郢都，沿水路经过汨罗、沅水、湘水而南下，想到自己遭受的诬陷，想到自己此后再不能获得君王信任，不能再得到任用，想到楚国此后再不能繁盛，心中哀伤定是如大江之水滔滔而下，绵绵不绝。虽说"冀壹寤而锡还"，仍然期盼着君王一朝醒悟，召唤他回国都，但他清醒地知道，一切都结束了。

遥想殷商时代，纣王暴虐，身为贤大夫的彭咸屡次直谏，纣王不听，彭咸愤而投水；而上古时期的师延，本是黄帝身边的乐官，夏朝末期投奔殷商，在周武王伐纣时，亦自沉于濮水。他们并非不爱惜生命，只是因为生命中有不可苟且妥协的部分，活着既不能获取圆满，便只好用死亡来对抗绝望。念及彭咸、师延之举，屈原终于想"赴汨罗之长流"，想在去国的忧伤和无奈中，终结自己的生命。

在刘向眼里，屈原自沉汨罗江的结局，是对彭咸的呼应，亦是对师延的致敬。对楚国的君王，屈原何尝不是苦苦相谏，抵死相争，也不过换来见弃的结果，既然如此，那就效仿彭咸，用投江的举动反抗坚不可摧的现实，用生命唤醒那些麻木的面目和心灵。而在楚国终于四面楚歌，在硝烟里结束大国命运之时，屈原也只能效仿师延，为国家的灭亡祭献上自己的骨血和魂灵，彻底地毁灭自己，好让深爱之物的毁灭所带来的伤痛和悲哀，不那么灼人心肠。

暂时停留在过往的回忆里

王褒《危俊》

　　林不容兮鸣蜩①，余何留兮中州？陶嘉月兮总驾，搴玉英兮自修。结荣茝兮逶逝，将去烝兮远游。

　　径岱土兮魏阙，历九曲兮牵牛。聊假日兮相伴，遗光燿兮周流。望太一兮淹息，纡余辔兮自休。晞白日兮皎皎，弥远路兮悠悠。顾列孛兮缥缥②，观幽云兮陈浮。

　　钜宝迁兮砏磤③，雉咸雊④兮相求。泱莽莽⑤兮究志，惧吾心兮惆惆⑥。步余马兮飞柱，览可与兮匹俦。卒莫有兮纤介，永余思兮怮怮⑦。

【注释】

　　①蜩（tiáo）：蝉。

　　②孛（bèi）：彗星。缥缥（piāo）：遥远。

　　③钜（jù）宝：岁星。砏磤（pīn yīn）：形容声音很大。

　　④雉（zhì）：野鸡。雊（gòu）：野鸡鸣叫。

　　⑤泱（yāng）莽莽：广大。

　　⑥惆惆（chóu）：忧愁。

　　⑦怮怮（yóu）：忧愁。

青春时，谁都向往远方。看一座山，以为山的另一边盛放着世间最美的风景；看一条河，想象着河的彼岸通往生命最值得歌颂的精彩。在漫长而残酷的人生尚未展开，那些终将到来的生命的悲哀还未露出它狰狞的獠牙之时，年少的我们总以为远方无所不有，足够容纳全部梦想。及至抵达了远方，才知远方的远，遥遥无边；才知山的另一边，无非是另一座山；才知河流的彼岸，不过是另一条河流。

盛放的风景和值得歌颂的精彩，哪里都不存在。上天或许在你心底植下梦想，却并不许诺它的实现，不许诺所有的付出都有回报，所有虔诚的祈盼都会成真，所有的善都会战胜恶，所有痛苦背后都藏着快乐幸福。人生不是童话，唇红齿白的少年儿郎，终有一日会在时光的轰然流逝里面目全非，所以苍老的人，总有一副相似的面容。

在人生路上走得太远，会迷失来时的路。谁都没有办法循着时间的印痕，找回最初的崭新锐利的青春，也无法轻易沿着来时的足迹，翻山越岭回到最初的华年。可是，在迷失时，谁都想要回去。至少，王褒是如此。尽管他的一生太过短暂，还没来得及尝过衰老滋味便早早夭亡，但他在人情复杂的京城，一步一险的朝堂上战战兢兢讨生活时，未必没有迷失和恐慌，未必不想抛下眼前的一切，回到最初的无忧年岁。

《远游》里，屈原曾上天入地，远游天上人间，唯愿超脱卑微尘世，王褒在《危俊》里也说"将去炁兮远游"，树林里既然容不下鸣叫的禅，中土大地既然容不下一个孤傲高洁的臣子，那就离开君王，离开耗费心血经营的一切，只身远游。而所谓"远游"，看似是离开，其实到头来，仍是在找寻一条回到家国、回归自我的路。

远游途中，他经过北方的荒远之地，见到巍峨高山，穿越九曲苍穹，与牵牛星相逢，遨游天际时，他看过周流闪耀九天的无与伦比的光，仰望过大神太一的威严气魄，见识过缥缥缈缈的彗星，俯视过山中弥漫的云气。前方的道路依然遥遥没有尽头，他翻山越岭，依然寻觅不到可以与他并肩同行的人，寻觅不到最初出发时的纯粹之心。彼时，他怀抱着匡道济世的梦想，以为凭借一颗忠心、一身才气，可以改变整个世界，今日，他的梦想不灭，心却老了，布满失意的哀愁，沉重而悲伤。

早先的自己去了哪里？若能够回到那时的无忧年岁，他还会做出同样的选择吗？屈原不知道答案，王褒亦不知。命运的转折多多少少有它的必然，否则，在一个才俊之士处境孤危的时代里，他何以不懂得避让危险，何以宁肯选择孤独，也不愿放弃最初的坚持，跻身卑俗的人群之中？

但他或许会愿意暂时停留在过往的回忆里，重温那片刻的美梦。毕竟，那是此生唯一一段不辨悲喜、不识荒凉、不懂退却的时光。

无论身处何方，都感觉寂寞

王褒《陶壅》

览杳杳兮世惟，余惆怅兮何归？伤时俗兮溷乱，将奋翼兮高飞。

驾八龙兮连蜷，建虹旌兮威夷。观中宇兮浩浩，纷翼翼兮上跻。浮溺水兮舒光，淹低徊兮京沶①。屯余车兮索友，睹皇公兮问师。道莫贵兮归真，羡余术兮可夷。吾乃逝兮南娭②，道幽路兮九疑。越炎火兮万里，过万首兮巍巍③。济江海兮蝉蜕，绝北梁兮永辞。浮云郁兮昼昏，霾土忽兮塺塺④。

息阳城兮广厦，衰色罔兮中怠。意晓阳兮燎寤，乃自诊⑤兮在兹。思尧舜兮袭兴，幸咎繇兮获谋。悲九州兮靡君，抚轼叹兮作诗。

【注释】

①京沶（chí）：水中陆地。

②娭（xī）：游戏。

③巍巍（yí）：高大。

④塺塺（méi）：尘土飞扬的样子。

⑤诊（zhěn）：察看。

　　因"伤时俗兮溷乱""悲九州兮靡君"，才振翅翱翔，远走高飞；为了逃避悲伤，逃避不见容于世的寂寞，才踏上了寻找归宿的旅程，所以，这注定是一场没有结局的出走。

　　逃避，从来不会换来更好的人生。在《楚辞》中，每一个在尘世里感觉压抑、悲愤的人，都渴望一场上天入地的远游，仿佛不如此，就摆脱不了恒常萦绕于心底的悲伤。但事实上，天上的远游，解不了人间悲愁。至多，它只是一种暂时的忘却，让即将窒息的心灵获得瞬间喘息。

　　这种暂时的忘却和喘息是如此重要，以至于催生出了浪漫主义诗歌的源头——楚辞。在这些华丽诡谲的文字里，每个人都竞相诉说生命的悲哀，每个人也都清醒地知晓，悲哀无可化解，现实无法改变，他们将和世界保持着永恒的格格不入。即便如此，诉说仍然是重要的，甚至重过悲哀本身。

　　他们并不期盼结局和答案，只是盼着诗歌的美足以抚慰心灵；盼着一场竭尽感情和心力的倾诉，足以容纳生命里茫然无际的寂寞。当他们纷纷在想象的世界里遨游天际时，也并不期待在虚无缥缈的地方寻找到真实的解决之道，只是想把"天大地大，无处安身立命"的残忍事实告诉自己，发泄心中痛苦罢了。

　　王褒是以文才受到汉宣帝赏识，而他的仕途也仅止于文才之用。安身立命之所，到头来也成了桎梏。他固然不如屈原那样经历大起大落、大悲大喜，却也被困在一场人生里，哀苦寂寞。所以，他信笔写一场远游，就写出了彻骨的寂寞滋味。

　　这是一场寂寞的旅行。驾着八条飞龙，竖起彩虹旌旗又如何，路经神山，越过绵延万里的冲天火焰，行过巍峨险峻的

万座海岛又能怎样，即使得以俯瞰整个宇宙，那宇宙间也没有一个角落能够容纳自己。好比人生万世，眼看着高楼起，繁华过眼，终如云烟，没有什么可以真正留住和拥有。

当横渡长江大海，穿越北面桥梁，魂魄飘逸仙去，获得解脱之时，忽然，"浮云郁兮昼昏，霾土忽兮塺塺"，浮云郁积，白昼昏晦，尘土浑浊，漫天飞扬。天上与人间原来并无二致，一样也会被浮云尘埃遮蔽光芒，一样有时光的流逝，容颜的衰老，身心的疲惫。车驾无法继续前行，只好在阳城屋舍暂作停留。此时，远游之人心中所想，仍是人间万事：昔日咎繇辅佐舜帝，自是贤臣择明君从之，当今之世，贤臣仍在，明君却再不可得。

无论身处何方，都感觉寂寞。这种寂寞，是天下无人并肩，只能独自承担命运的寂寞；是才华满身，却始终找不到一处安放之所的寂寞；是捧了满手的爱，却无人可赠、无人可诉的寂寞；还是蹉跎了一生，也仍旧寻不到心灵归宿的寂寞；更是站在生命的荒野之上，站在广阔天地间，连寂寞都无处安放的寂寞。

为自己唱一支悼乱之歌

王逸《悼乱》

嗟嗟兮悲夫，骰乱兮纷挐①。茅丝兮同综，冠屦兮共绚②。督万兮侍宴，周邵兮负刍。白龙兮见射，灵龟兮执拘。仲尼兮困厄，邹衍兮幽囚。伊余兮念兹，奔遁兮隐居。将升兮高山，上有兮猴猿。欲入兮深谷，下有兮虺蛇。左见兮鸣鸠③，右睹兮呼枭。惶悸兮失气，踊跃兮距跳。便旋兮中原，仰天兮增叹。菅蒯④兮壝莽，萑苇兮仟眠⑤。鹿蹊兮断断⑥，貒貉兮蟫蟫⑦。鹖鸹⑧兮轩轩，鹑鹑兮甄甄。

哀我兮寡独，靡有兮齐伦。意欲兮沉吟，迫日兮黄昏。玄鹤兮高飞，曾逝兮青冥。鸧鹒兮喈喈，山鹊兮嘤嘤。鸿鸧兮振翅，归雁兮于征。吾志兮觉悟，怀我兮圣京。垂屣兮将起，跱俟兮硕明。

【注释】

①骰（xiáo）乱：交错。纷挐（ná）：混乱。

②屦（jù）：鞋。共绚（qú）：装饰相同。

③鸠（jú）：鸟名，即伯劳。

④菅蒯（jiān kuǎi）：茅草。

⑤萑（huán）：荻类植物。仟眠：草木丛生的样子。

⑥蹊（xī）：路径。蹒蹒（duàn）：形容野兽行进的样子。

⑦貒（tuān）：猪獾。貉（hé）：兽名。蟫蟫（xún）：形容相互跟随的样子。

⑧鹯（zhān）：猛禽名，又名晨风。鹞（yào）：猛禽名，通称雀鹰、鹞鹰。

"嗟嗟兮悲夫，殽乱兮纷挐"，《悼乱》开头两句，便将整篇辞赋的感情基调尘埃落定：可悲啊可叹，如此混乱——这是一首倾所有深情吟唱的乱世悼歌。

太平盛世，喧闹繁华，是人心蒸腾出的一片升平气象，有笃定的底子，不可替代的华彩美丽，好比开到极艳的花，灼灼照眼。而乱世，尽管常与战乱纷争、民不聊生的悲惨现实，以及奸佞小人横行的丑恶现象有关，却也自有它难以言喻的深刻魅力，好比落红满地，可以发人深省，也能惹人哀怜。

绽放的花有它的华丽篇章，无法绽放的花也有属于她的一首歌。都说乱世出英雄，逼仄的、无可选择的现实，或许更能逼出一个人身上巨大的能量和生命力，催生出坚韧如铁的意志和伟大的理想。可是，乱世生出更多恶，而这些恶会蚕食掉善的立足之地。

屈原所在的战国时代，是一个非凡的乱世。周王室名存实亡，群雄并起，争霸天下，强者为王。楚国地域广大，物产丰富，本是战国时代的强国之一，最终却为秦国所灭。王逸写下这曲《悼乱》时，统一六国的秦国早已灭亡，汉代也历经数次动乱，进入后人称之为"东汉"的后半期，站在历史的终结处，为早已逝去的屈原悼怀亡国，所知、所见、所想、所叹，必然已带上了后来者的视角和沧桑感。所以，以屈原口吻写就的悼乱之歌，倾吐的却是王逸自己内心的伤乱之情。

他在《九思》序中说："逸与屈原，同土同国，悼伤之情，与凡有异。"因王逸是湖北襄阳人，故而道"同土同国"，又因他一生不得志，宦海浮沉不定，官不过侍中，因此视屈原为异代知音。同是天涯沦落人，那种怜惜和哀悼之情便显得格外深重。

遥想屈原所处的时代，犯下弑君之罪的华督、宋万能够在君王身边侍宴，周朝开国功臣周、绍二公，却被放逐，只能靠打柴为生；被后世称之为"圣人"的孔子，生前处境也无比窘迫；忠贞不贰的邹衍，也被幽禁，处境凄惨。能自如处身于乱世的人，除了英雄豪杰，便是奸佞小人，忠臣贤士寻不到他们的安身之处，只能承受着乱世强加给他们的悲惨命运。

俗世里没有容身之所，那就远走他乡，安顿隐居，可是登上高山，高山上有野猿，进入深谷，深谷里也有毒蛇，山林原野的环境是这样险恶，进一步是万劫不复，退一步是千仞绝壁，怎可安然隐藏自己？而若回到故国，等待着自己的也只有无止境的折磨和失望。

屈原一直都是一个人，孤零零地在混乱的、失去纲常的现实里左冲右突，最终将此身此心祭给吞没一切的江水。这样的痛苦和孤独滋味，想必王逸也尝过，尽管他并未身在乱世，然而大汉的盛世早已不再，在王逸面前，时代徒具空壳，内在的底气尽失，借屈原之口为自己唱一支悼乱之歌，实不为过。

世间之事，从来都没有完美

屈原《卜居》

屈原既放，三年不得复见，竭知尽忠，而蔽鄣于谗，心烦虑乱，不知所从。往见太卜郑詹尹曰："余有所疑，愿因先生决之。"詹尹乃端策拂龟，曰："君将何以教之？"屈原曰："吾宁悃悃款款朴①以忠乎？将送往劳来斯无穷乎？宁诛锄草茅以力耕乎？将游大人以成名乎？宁正言不讳以危身乎？将从俗富贵以媮生②乎？宁超然高举以保真乎？将哫訾③栗斯，喔咿儒儿④以事妇人乎？宁廉洁正直以自清乎？将突梯滑稽⑤，如脂如韦，以洁楹乎？宁昂昂若千里之驹乎？将氾氾若水中之凫乎，与波上下，偷以全吾躯乎？宁与骐骥亢轭⑥乎？将随驽马之迹乎？宁与黄鹄比翼乎？将与鸡鹜争食乎？此孰吉孰凶？何去何从？世溷浊而不清，蝉翼为重，千钧为轻；黄钟毁弃，瓦釜雷鸣；谗人高张，贤士无名。吁嗟默默兮，谁知吾之廉贞！"詹尹乃释策而谢，曰："夫尺有所短，寸有所长，物有所不足，智有所不明，数有所不逮，神有所不通，用君之心，行君之意，龟策诚不能知事。"

【注释】

①悃悃（kǔn）款款：忠诚勤勉。朴：本性。

②媮（tōu）生：苟且求活。

③呫訾（zú zǐ）：阿谀奉承。

④喔咿（wō yī）：献媚强笑。儒儿：强颜欢笑。

⑤突梯滑（gǔ）稽：圆滑随俗。

⑥亢轭（kàng è）：并驾齐驱。

楚地山峰，何止千座，楚地水脉，何止万条，而遭到逐弃、告别君王的屈原，却只能前往那一纸王命指定的山水。

那是别人为他决定的路，所以他走得心不甘情不愿，所以他在流放生涯里遥望楚地的千山万水，总想找出另外一条路来，安放这颗因太过清白而无处可去的心。

茫然时，他便用占卜决疑。古时先民常以占卜决策家国大事、人生大事，朝廷往往设卜官，专司卜卦之职。屈原去见卜官之长郑詹尹，詹尹摆好蓍草，拂拭灵龟，问屈原占卜何事。屈原于是道出了久藏心底的疑惑。

我应该诚实勤恳、朴实忠厚呢，还是应该无休止地应酬、周旋、八面玲珑？是应当锄草助苗努力耕耘聊度此生，还是要游说权贵以取得虚名？应该忠言直谏不顾生死，还是贪图富贵苟且偷生？应当超然世外保持自我，还是屈己从俗，阿谀诌媚？应当廉洁正直，还是圆滑世故？应该如矫健的千里马一样气宇轩昂，还是像水中野鸭般漂游不定、随波逐流？应该与骏马并驾齐驱，还是与劣马亦步亦趋？应该与黄鹄比翼，还是与鸡鸭争食？

一口气提出这么多问题，其实都是一个问题：我应该坚持自我的清白高洁，还是应该与世俗同流合污？其实，屈原哪里是真的感到疑惑，孰吉孰凶，何去何从，他的心底，早有答案。

他知晓"世溷浊而不清"，薄薄蝉翼被看得重若千钧，真正的千钧之物却被看得轻贱，洪亮的黄钟遭毁，鄙俗的瓦釜之声却被当成雷鸣，谗佞的小人趾高气扬，贤士却默默无名，只能叹息着自己的廉洁坚贞无人看见，更无人珍视，他知晓这一切。从一开始，他就做好了在一条绝路上走到黑的打算。可是，他仍然写下这首《卜居》，是问卜，也是自问，更是向天地、向全世界发出的诘责与悲泣。如蒋骥《山带阁注楚辞》言："《卜居》本意，盖以恶既不可为，而善又不蒙福，故向神而号之，犹阮籍途穷之泣也。"

据说阮籍常驾车出游，行至途穷，便停车大哭。屈原写《卜居》，亦是穷途末路之哭。知道自己永远不会选择阿谀谄媚、圆滑世故的那条路，可是选择走一条洁身自好、坚持自我的路，却只能换来落魄悲惨的命运。他左思右想，左右为难，发现自己真是无路可走，选择本身已是痛苦，选择之后仍然是痛苦。楚地的千山万水，唯有日月永恒，却没有他可走的路。

最后，他借郑詹尹之口安慰自己：尺有所短，寸有所长，美好的事物不见得完美，高深的智慧也有不能抵达之处，卜卦不能预知万事，神灵的法力也不见得无所不能，所以，用你自己的心去思考，按照你自己的意愿去行动吧。

与其苦苦追问为何清白之人蒙污，污浊之人得以登上高位，与其在没有答案的追寻中痛苦终生，不如顺其自然，承认、接受痛苦本身，让它升华，变成生命固有的一部分。穷途末路，也没有关系，世间之事，从来都没有完美。

混浊的世间容不下他

严忌《哀时命》节选

哀时命之不及古人兮，夫何予生之不遭时。往者不可扳援^①兮，倈者不可与期。志憾恨而不逞兮，杼中情而属诗。夜炯炯而不寐兮，怀隐忧而历兹。心郁郁而无告兮，众孰可与深谋？欿愁悴^②而委惰兮，老冉冉而逮之。居处愁以隐约兮，志沉抑而不扬。道壅塞而不通兮，江河广而无梁。愿至昆仑之悬圃兮，采钟山之玉英。揽瑶木之橝枝兮，望阆风之板桐。弱水汩其为难兮，路中断而不通。势不能凌波以径度兮，又无羽翼而高翔。然隐悯而不达兮，独徙倚而彷徉。怅惝罔以永思兮，心纡轸^③而增伤。倚踌躇以淹留兮，日饥馑而绝粮。廓抱景而独倚兮，超永思乎故乡。廓落寂而无友兮，谁可与玩此遗芳？白日晼晚^④其将入兮，哀余寿之弗将。车既弊而马疲兮，蹇邅徊^⑤而不能行。身既不容于浊世兮，不知进退之宜当。

【注释】

①扳（pān）援：攀附。

②欿（kǎn）愁悴：忧愁。

③纡轸（zhěn）：心情痛苦。

④晼（wǎn）晚：太阳西下。

⑤邅（zhān）徊：徘徊不前。

"哀时命"三字，于严忌一生最是贴合。

东汉时，严忌以文才和善辩之才闻名。真名士者自风流，想来在当世，他也是紫鞍白马，风度翩翩的陌上公子，于春日好景里杏花满头，风流自诩。后来他应召成为吴王刘濞门客，本是欲拼却一身才华，博取大好前程，显达于世，也不枉负这天赋的异禀资质。可惜刘濞并非明主，野心却不小，竟欲以卵击石，图谋反叛之计，严忌有识人之明，知他谋反必败，于是上书劝谏，吴王不听，严忌只好离吴，投奔梁孝王。梁孝王虽对他礼遇有加，但严忌此生还是未能有所作为。

如此遭际，确实当得起一句"哀时命之不及古人兮，夫何予生之不遘时"。那些显赫一时且流芳百世的古人，如姜太公，周公姬旦，无不是待时而动，追随明君，君臣、时命相得益彰，而严忌检视自己，却只能得出一个"生不逢时"的结论：以为一展抱负的时机到了，等来的却是灾厄，躲开了灾厄，又陷于平庸，时矣？命矣？

商朝比干最后虽惨遭纣王挖心，但他到底还得到过重用，并且还留下了一生辉煌功业，供后人景仰，垂范万世；楚国屈原虽遭流放，最后眼睁睁看着家国灭亡，以致自杀殉国，但他毕竟还有过大刀阔斧改革朝政，备受怀王倚赖和信任的时期，严忌自叹，自视甚高，却碌碌无为，在愚昧暗淡的现实里搁浅终生，如一粒微不足道的尘埃，投入水中，连一圈涟漪都激荡不起来。

　　往者不可追，来者不可及，他唯有站在当下悲叹，遥望昆仑悬圃，钟山玉英，玉树长枝，板桐神山，慨叹理想如此高远，自己却只可仰望，只因没有翅膀，不能高飞。

　　时日无常，寿命不永，而他无法再振作精神，去行一条堵塞的路，过一条无桥可渡的河。年岁在他愁苦憔悴、颓丧倦怠之时倏忽而逝，在他夜不成寐之时从他心上痛碾而过，在他逐渐老去的焦虑和恐慌之中毫无意义地虚度，他寄希望于人生，可是，正是这场人生里难料的起伏打破了他的希望。这短暂得令人惊恐、又漫长得让人绝望的人生，他真不知该如何度过，是的，他有名扬当世的才华，有理想抱负，有常人难及的眼光和决断，可惜谁也不能靠不被赏识的才华、靠无从实现的理想、靠无用武之地的智慧安然泅渡此生无常。

　　终于，他发出长叹："身既不容于浊世兮，不知进退之宜当。"想要进取，时命不合，想要后退，又心有不甘，实在进退两难。混浊的世间既容不下他，进退其实也并非那么重要，进也好，退也罢，他都不可能与这个世界握手言和。

身为人类，如此渺小

屈原《山鬼》

若有人兮山之阿，被薜荔兮带女罗。既含睇^①兮又宜笑，子慕予兮善窈窕。乘赤豹兮从文狸，辛夷车兮结桂旗。被石兰兮带杜衡，折芳馨兮遗所思。

余处幽篁^②兮终不见天，路险难兮独后来。表独立兮山之上，云容容兮而在下。杳冥冥兮羌昼晦，东风飘兮神灵雨。留灵修兮憺^③忘归，岁既晏兮孰华予^④。

采三秀兮于山间，石磊磊兮葛蔓蔓。怨公子兮怅忘归，君思我兮不得闲。山中人兮芳杜若，饮石泉兮荫松柏。君思我兮然疑作，雷填填兮雨冥冥，猨啾啾兮又夜鸣。风飒飒兮木萧萧，思公子兮徒离忧。

【注释】

①含睇（dì）：含情而视。

②幽篁（huáng）：幽深的竹林。

③灵修：对爱人的尊称。憺（dàn）：安乐。

④晏（yàn）：晚。华予：使我如花开般美丽。

云气缥缈，雾霭迷离的山林间，身披薜荔石兰、腰束

女萝杜衡的女巫喜滋滋行走在迎神的路上，窈窕身姿若隐若现，动人眼波微微流转，仿佛脉脉含情，笑靥嫣然，在她清秀美好的面庞上如花绽放。

"既含睇兮又宜笑"，只此一句，便将女巫清新鲜翠、恍若清晨新露的气质写活于眼前，堪与《诗经·硕人》里那位倾国倾城、"巧笑倩兮，美目盼兮"的美人庄姜比肩。女巫迎的神是山鬼，迎山川之神，与通常的祭神仪式不同，不是在祭殿等待神灵降临，而是需要巫女入山迎接，献上祭品。

山鬼行踪缥缈，不会轻易现身，所以女巫要将自己装扮得倩丽华美，以吸引神女附身，她甚至还模仿山鬼的口吻："子慕予兮善窈窕。"你看，我这样美好，你是不是很羡慕？如此直爽可爱的自夸自赞，恰恰贴合了山鬼自由活泼、调皮开朗的性格。不知那位神龙见首不见尾的山林神女听了，会有怎样会心的欢喜。

开着笔尖状花朵的辛夷、芬芳的桂枝，装饰着车仗，女巫手捻花枝，乘着赤豹，身后跟随着斑斓花狸，沿着曲折山隈走来，这真是一次绚丽、欢快、热闹的迎神之旅。可是，这座山实在太过陡峭险峻，密林太过幽深昏暗，以至于女巫错失了迎接山鬼的时机。她焦急地寻觅山神的身影，登上高山之巅俯瞰脚下深林，可是脚下云雾溶溶，遮蔽了视野；在幽暗的深林四处搜索，但林中古木参天，遮挡了阳光，让白昼也如同黑夜般暗淡。

那山间飘旋的东风，飞洒的细雨，莫非全是神灵所降？但为何她不肯露面？我们人类祭祀山灵，不就是想求得护佑和福祉？如今她不现身，还有谁能够使我们在年华渐老时永如花艳，青春常驻？

时光的流逝，永远是最令人心惊之事。谁不想留住时日脚步，让最美好的自己多停留片刻，可惜，春花秋月难了，时光如箭矢，无法逆转回头，若没有神助，凭区区人类之力，什么也办不到，只能眼睁睁看着岁月的利刃在皮肤上划下印痕，让所有梦想、希望都湮灭于时间幽冥般的深海。

念及迎神失败，无法得到神灵的庇佑，女巫不禁对山鬼生出哀怨，"怨公子兮怅忘归"，你为何没有到来？难道"君思我兮不得闲"？你看我今日打扮得像杜若一样芬芳美丽，为何你不肯出现？

仿佛是为呼应女巫的心情，雷声滚滚，风雨蒙蒙，猿啼阵阵，穿透沉沉夜幕，整座山林更显幽暗凄凉。起初，她拈着花枝，乘着赤豹，在何等欣喜和欢悦的氛围里、何等绚丽多姿的排场下走来，如今，却要满怀思念和哀愁离去。

"思公子兮徒离忧"，对神灵的思念和期盼，何尝不是人类对自己的垂怜：人生的烦恼和惆怅这么多，生命的悲哀无从化解，身为人类，如此渺小。女巫发出哀音阵阵，或许，是因为"古人'以哀音为美'，料想神灵必也喜好悲切的哀音"，他们盼着这份悱恻哀思，能够引来神灵的怜悯，赐给世人恒久的福祉。

卷五　我愿逆流而上，与她轻言低语

　　他的生命到底燃烧过，如烟火，瞬间的
璀璨，便可让人间所有灯火失去颜色。又如
爱情，轰轰烈烈，不管爱过谁，不管结局如
何，终究不会后悔。

"别处"是不可抵达的安慰

王褒《蓄英》

秋风兮萧萧，舒芳兮振条。微霜兮眇眇，病殀兮鸣蜩。玄鸟兮辞归，飞翔兮灵丘。望溪兮滃郁①，熊罴兮呴噑②。

唐虞兮不存，何故兮久留？临渊兮汪洋，顾林兮忽荒。修余兮袿衣③，骑霓兮南上。桀④云兮回回，亹亹⑤兮自强。

将息兮兰皋，失志兮悠悠。芬蕴兮霉黧⑥，思君兮无聊。身去兮意存，怆恨兮怀愁。

【注释】

①滃（wěng）郁：云烟弥漫。

②罴（pí）：一种猛兽。呴噑（hǒu háo）：吼叫。

③袿（guī）衣：长袍。

④桀：同"乘"，坐。

⑤亹亹（wěi）：勉励。

⑥芬（fén）蕴：愁思蓄积的样子。霉黧（méi lí）：面色污黑的样子。

又是一年秋深之际，在人生晚景里流浪的人又把自己耽搁在了凄清的旅途上。

秋风萧萧，凋蚀着春夏努力生长的繁枝茂叶。芳草被来自深秋的毁灭力量摇荡着，震撼着，缓缓走向枯萎和死亡。寒气在茫茫大地上铺下第一层薄霜时，鸣蝉已死，形迹全无。燕子感时而辞归，高高盘桓飞翔在神山之巅以及云霄之上。远处溪谷云气弥漫，山中熊罴猛兽声声吼叫。

这是一个萧瑟悲凉的季节，亦是一个暗昧混沌的时代，让身在其中的人只想逃离。遥想唐尧虞舜尚在的世界，真是如金子般闪闪发光，而当时的人们想必并未察觉，他们正身处一个怎样繁花似锦的年代。

最理想、最美好的东西，拥有时总是不知不觉，也总要待到失去之后，才知此物珍贵。

最怀念尧舜时代的人，自然是那些无法跟随明主、又不愿屈己随俗的士大夫。有时，他们看着乌烟瘴气、小人如鱼得水的世态，心头总有挥之不去的迷惑：为何还要停留在此？为何如此委屈自己，让洁净如初生天地的身心低伏于污浊的尘埃之中？天际云端的风景明明那样高远辽阔，若可以骑着霓虹扶摇直上九万里，乘着云气遨游宇宙八荒，又何须蝇营狗苟于尘世，忍受这颠倒是非的荒诞现实？

这一切自然都是王褒的想象。他所跟随的汉宣帝算不得昏君，他也并不需要艰难地坚持自我，甚至为此丧命，但是几乎从此，走在自己的旅途上，却贪恋别处风景更好，无论以什么方式活过这一场人生，终是免不了遗憾。

就像他笔下的屈原，站立于大地，想象天涯景象；站在自己的命运里，设想他人一生；围困于自己的时代，遥想历史长河里熠熠生辉的珍宝——总以为风景在别处独好，命运在

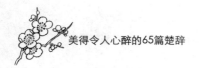
别处更慷慨，生活在别处更自由。

一切都不在此处，在别处。

倘若时代多一点理想和希望，倘若君王不那么心性难定、昏聩不明，倘若奸佞小人少一点，追名逐利的欲望不那么风靡于世，倘若世界给贤人一个安身立命之所，倘若……心存遗憾的人热爱假设，唯有在假设中，世事方可圆满；唯有在一个想象中的"别处"，心灵方可得片刻抚慰。

只是，任你将想象的世界描摹得如何完美，人生的痛苦也无法因此而超脱。"将息兮兰皋"，兰泽之畔好比世外桃源，远离争斗和喧嚣，然而落魄的人在那里憩息，心中所思，仍是失志的悲哀，心中所念，仍是人间的君王。不论遨游至何方，都是"身去兮意存，怆恨兮怀愁"。

从一开始，就已深陷无法解脱的悖论的怪圈：因为愤恨痛苦，才想要逃离，才会创造出关于美好世界的想象，而身处完美的想象世界中时，却仍会被最初的痛苦所击败。

"别处"是永不可抵达的安慰，亦是让人千百遍回到现实，逼视命运的永不可逆转的残忍。

愁总有万古之久

王褒《思忠》

登九灵兮游神，静女歌兮微晨。悲皇丘兮积葛，众体错兮交纷。贞枝抑兮枯槁，枉车登兮庆云。感余志兮惨慄，心怆怆兮自怜。

驾玄螭兮北征，向吾路兮葱岭。连五宿兮建旄，扬氛气兮为旌。历广漠兮驰骛，览中国兮冥冥。玄武步兮水母，与吾期兮南荣。登华盖兮乘阳，聊逍遥兮播光。抽库娄兮酌醴①，援咆瓜②兮接粮。毕休息兮远逝，发玉轫兮西行。

惟时俗兮疾正，弗可久兮此方。寱辟摽③兮永思，心怫郁兮内伤。

【注释】

①抽：引。库娄：星名，形状像斟酒器皿。醴（lǐ）：一种甜酒。

②咆（páo）瓜：果蔬名，这里指星名。

③辟摽（pì biào）：拍打胸部。

愁有千万种。有的愁是雨后落花、柳上新月、日暮黄昏、梧桐秋雨；有的愁是李煜国破家亡后的"恰似一江春水

向东流"，还是他生命中难以言说的"别是一般滋味在心头"；有的愁沉重到李清照的双溪舴艋舟也载不动，又轻巧到贺铸仅用"一川烟草，满城风絮，梅子黄时雨"便可囊括。

还有的愁，不可说，一说就错。便如辛弃疾《丑奴儿》词所言："少年不识愁滋味，爱上层楼。爱上层楼，为赋新词强说愁。而今识尽愁滋味，欲说还休。欲说还休，却道天凉好个秋。"真正的愁，是说不出来的，说出来的至多是冰山一角，是较浅的那一部分。

若倾吐愁绪便可消解愁绪，那天下只怕再无烦愁扰人。

消去烦恼愁情，谈何容易。曹操说"何以解忧，唯有杜康"，仿佛酒可解尽世间忧愁，李白却说"抽刀断水水更流，借酒销愁愁更愁"，言下之意，愁竟无法可解。但同时他也大笔一挥，道出"呼儿将出换美酒，与尔同销万古愁"的豪言，在这里，愁虽有万古之长久，却可借一壶美酒、一腔豪情轻易消去。

都是一家之言。

谁都是在借着倾吐稀释痛苦，借着文字的酒把自己灌醉，忘却烦恼苦闷。西汉的巴蜀文人王褒进京求仕，在前途难料，心生苦闷之际，以为写下《九怀》，便可用文字开解愁苦，以为写尽屈原的痛苦，便可洗脱自己的痛苦。结果，也只是徒然"心怫郁兮内伤"。

不过他提笔时，确是想要为屈原和自己寻得一条出路。这条出路极美，"登九灵兮游神，静女歌兮微晨"，登上九天，极目远望，晨光熹微，雨露未晞，尘世的些许烦恼瞬间变得遥远，郁结的心情一下子舒放开来。随后，云端传来神女的歌声，那歌声恍如天籁之音，唱破了天地间最后一幕黑暗，唱出了一个人间新生的早晨，唱化了人心里高高矗立的、从未消融的坚冰。

此曲只应天上有，人间难道是知音。王褒想象屈原和自己于九天之上高翔，以五大星宿为旗，穿过辽阔天地，驰骋如风时，或许真的相信神女一曲高歌，可解万古清愁。毕竟，在这些尝尽时俗困厄的人心里，人间混浊之地早已不可久留，辽阔无际的天上是唯一的出口，最好的风景与最完整的自由都在那里，而一曲响彻八荒四海、沾染天地间最洁净的晨光清露的神女之歌，自然更加令人难以抗拒。

只可惜神女之歌不可常闻，九天之上的远游不可常有，人总还是活在低微的尘世。所以，愁总有万古之久，并不能因些许歌酒而真正断绝，但那回荡在卑微生命里，洗净双耳和灵魂的高歌，到底还是最好的慰藉。

勾出一片想象的乐土

刘向《怨思》节选

背玉门以犇骛^①兮，塞离尤而干诟。若龙逄^②之沉首兮，王子比干之逢醢^③。念社稷之几危兮，反为雠而见怨。思国家之离沮兮，躬获愆而结难。若青蝇之伪质兮，晋骊姬之反情。恐登阶之逢殆兮，故退伏于末庭。孽臣之号咷^④兮，本朝芜而不治。犯颜色而触谏兮，反蒙辜而被疑。菀藶芜与菌若兮，渐稿本于洿渎^⑤。淹芳芷于腐井兮，弃鸡骇于筐簏。执棠谿以刜^⑥蓬兮，秉干将以割肉。筐泽泻以豹鞹^⑦兮，破荆和以继筑。时溷浊犹未清兮，世殽乱犹未察。欲容与以俟时兮，惧年岁之既晏。顾屈节以从流兮，心鞏鞏^⑧而不夷。宁浮沉而驰骋兮，下江湘以遭迴。

【注释】

①犇（bēn）骛：奔驰。

②龙逄（páng）：亦作"龙逢"，即关龙逄。夏代的贤人，因直谏为桀所杀。

③醢（hǎi）：剁成肉酱。

④号咷（táo）：呼喊。

⑤稿（gǎo）本：香草名。洿渎（wū dú）：小水沟。

⑥棠谿（xī）：古代一种名贵的宝剑。剕（fú）：砍。

⑦豹鞹（kuò）：豹皮制成的革。

⑧鞏鞏（gǒng）：受约束而不舒展的样子；忧惧。

屈原，在楚辞中是一个绕不过去的符号。

他有着太过跌宕的人生，太过清白的灵魂，太过耀眼的才华，留下了太过华丽奇绝的诗歌，以至于后人一提笔，便只能落入他咏叹的窠臼。东方朔、王褒、刘向、王逸，人人皆有自己的苦水要倾倒，有难以抑制的痛楚要消解，却在下笔时，纷纷掉转笔锋去写屈原的痛苦；在预备着痛浇自己心中块垒时，都不约而同地端起了屈原的酒杯。

两次下狱，以及曾被贬为庶民的经历，已足以让刘向写出字字哀愁、句句悲怨的诗句，可是在写《九叹》时，他只是拼命地诉说着屈原如何不容于世，屈原如何思君、念国、怀乡，屈原如何苦闷怨愤、执着不屈、毫不关涉自己的心志感情。

或许是因屈原那一杯酒的滋味过于醇烈、丰厚，让所有人沉醉、悲伤、辗转叹息，更将一切后来者的酒衬托得黯淡无光，寡淡无味。那个在辽阔楚地流浪彷徨，仰头呼告的孤独诗人的形象，那个头戴高冠、身系玉佩香草的落魄忠臣的身影，已经成为一个高洁的悲剧象征，无须赘言，便可唤起人们心底最深的悲悯和哀伤。

与其写自己，不如写屈原，反正这世间的悲剧都是一回事，这或许是在朝堂上起起落落，在仕途里走得步步惊心的刘向心底最真实的想法。

他写屈原"念社稷""思国家",却因此而"见怨""结难",心中所痛惜的却是自己。从先秦到秦汉,时光掩埋了历史,浇铸了白骨血肉,他站在数百年的时空之后,眼中所见仍是"孽臣"喧哗,朝政"芜而不治"的景象,忠心的臣子仍旧"犯颜色而触谏兮,反蒙辜而被疑"。世事仍然颠倒了黑白,是非不清,好坏不明。芬芳的白芷沤在臭水之中,心性高洁的人依然无路可走。

可悲,也可笑。想等待时机,积极进取,前方早已没有坦途。且不论朝堂为小人把持,铁桶般不得而入,自己也一生飘摇,年事衰颓,再难振作心力,堪当大用。想要自暴自弃,放弃胸中抱负,清高品性,改变节操与小人同流合污,想必天下人都会额手称庆,他却过不了自己这一关。

进无门,退无路,只好全然抛开得失忧乐,驰游于沅水之上,徘徊于湘水之滨,以山水作为归途。

这自然是自嘲之语,宽慰之语。若真可以沉静心志,超脱世俗,日夜于山间嬉游,水畔放歌,摘取清风明月,雨露水雾为食,倒也不失为一大乐事。可是,山水怎可当作归途?屈原在楚地山水流浪数年,伤心了数年,最终仍以纵身一跃的姿态殉了家国,刘向亦终生在大汉的朝堂为官,并不曾真正在想象中的江湖任情遨游,不过是为自己匀出一片想象的乐土,好让现实不那么固若金汤、逼人窒息罢了。

这个世界无可奈何

东方朔《怨思》

贤士穷而隐处兮，廉方正而不容。子胥谏而靡躯兮，比干忠而剖心。子推自割而饲①君兮，德日忘而怨深。行明白而曰黑兮，荆棘聚而成林。江离弃于穷巷兮，蒺藜②蔓乎东厢。贤者蔽而不见兮，谗谀进而相朋。枭鸦并进而俱鸣兮，凤凰飞而高翔。愿壹往而径逝兮，道壅绝而不通。

【注释】

①饲（sì）：拿食物给人吃。

②蒺藜（jí lí）：多棘的草，这里比喻小人。

对那些因坚持清白和理想而失去了它们的人而言，究竟现实应该以怎样的面貌在眼前铺开，才能给他们四面透风的寒凉心境带来真正的温暖和慰藉？

从历史冠冕堂皇的书写里向内窥视，只看到一个又一个因忠诚而获罪，因正直而身亡的悲剧身影，无声向后来者倾诉。流逝的时光里没有希望，更没有梦想栖息。

昔日吴国成诸侯一霸，越王勾践卧薪尝胆，吴国大夫伍子胥进言吴王，劝杀勾践，吴王置若罔闻，又听信谗言，竟

下令赐他一死。九年后，吴国为越国所灭。不知到那时，黄泉之下的吴国大夫是否还有在天之灵，是否还会为这个背弃了他，杀害了他的君王和国家流下伤心的眼泪。

春秋时期晋国的介子推与公子重耳逃亡时，不惜割股为重耳充饥，重耳成了晋文公后，对子推却逐渐忘却恩义，猜忌日深。后来子推辞去功禄，隐居深山，晋文公后来醒悟求人心切，竟听信小人谏言，下令烧山，以致子推身死。

写下"子胥谏而靡躯""子推自割而饲君"时，东方朔许是在替伍子胥和介子推不值。他们都有才干，有头脑，有大志，却为了莫须有的罪名赴死，这真是最悲哀的事。尤其是伍子胥，因为他的死，本可以得救的国家也因此而沦亡，他的预言那么精准，这个世界却错得太离谱，离谱到不允许一个对的人活下去。

殷朝的比干，辅政四十余年，劳苦功高，因纣王太过暴虐，直谏三日不离去，竟惨遭纣王挖心。"比干忠而剖心"，应是每一位忠臣的噩梦。在一个错误的时代，谁都可能成为比干。伍子胥是如此，介子推也是如此，都为倾尽心血的君主家国祭出了生命。屈原固然没有遭遇挖心的酷刑，然而那些来自君王的不由分说的背叛，再也无法挽回的信任，贯穿了他整个后半生的流放生涯，何尝不是插在他心上的一把滴血的刀。高洁正直的人都是这样，深爱着这个世界，却不得不躲避来自世界的尖利箭矢。

任人唯贤的尧舜时代早已过去，那是一个独一无二的黄金时代，任后人如何向往、崇仰，现实也无法重现昔日的理想荣光。不过，也正是因为无从实现，理想才为理想。

　　真正的理想，会永远高悬于现实的泥沼，永远不会变成理所当然的事实，所以东方朔只能如屈原一样，挣扎在没有希望的泥沼里，仰望头顶熠熠发光的理想，盼望着从不曾降临的救赎，同时却深陷于现实的荒诞和无可奈何，郁郁不得志地度过他的一生。

苦吟悲歌，不如纵声一啸
刘向《思古》节选

冥冥深林兮，树木郁郁。山参差以巇岩兮，阜杳杳以蔽日。悲余心之悁悁兮，目眇眇而遗泣。风骚屑以摇木兮，云吸吸以湫戾①。悲余生之无欢兮，愁悾悾②于山陆。且徘徊于长阪兮，夕仿偟而独宿。发披披以鬤鬤③兮，躬劬劳而痡悴④。魂俇俇⑤而南行兮，泣沾襟而濡袂。心婵媛而无告兮，口噤闭而不言。违郢都之旧闾兮，回湘沅而远迁。念余邦之横陷兮，宗鬼神之无次。闵先嗣之中绝兮，心惶惑而自悲。聊浮游于山陕⑥兮，步周流于江畔。临深水而长啸兮，且倘佯而泛观。

【注释】

①吸吸：云浮动的样子。湫（jiū）戾：卷曲。

②悾悾（kǒng zǒng）：困苦窘迫。

③鬤鬤（ráng）：头发纷乱。

④劬（qú）劳：劳累。痡（tú）悴：疲劳憔悴。

⑤俇俇：心神不安。

⑥陕（xiá）：同"峡"，峡谷。

魏晋时期，有一群特立独行的人，被称为"竹林七贤"，可以说是反叛的极致，前无古人，后无来者。他们时常跑到山林中长啸，状若疯狂。

关于"啸"，蒋勋先生有过精彩的解说：啸是由一个"口"字和"肃"字组成，它并非滑稽和疯癫，而是一个孤独的人走向群山万壑间，张开口大叫的模样。《世说新语》载，阮籍长啸之时，山鸣谷应。想象一下，那样一种发自肺腑、令人热泪盈眶的呐喊，足以震动整个天地。啸，当是从最大的压抑中狂吼出来的声音。一个人用生命呼喊出来的声音，用生命去呼喊的行为，并不是疯癫之举，并不值得嘲笑。

为什么要仰天长啸？因为他们与那个黑暗混乱的世界格格不入，也因生命被逼至绝境，难堪的现实避无可避。生在汉代的刘向，也曾被多灾的遭际逼到绝路，也曾因对自我和理想的坚持，被这个浅陋的世间背叛，深陷厄运，却至多只可一遍又一遍在文字的枯井里低吟着苦楚人生，如临深渊、如履薄冰地走在生命的边缘；只能在想象中借屈原的"临深水而长啸"发泄心中苦闷，而在现实中，仍是落魄、痛苦，一筹莫展。

刘向设想，被放逐后的屈原，从此好比行在"冥冥深林"里，生命进入暗无天日的隧洞。那阴暗幽深、长满"郁郁"草木的山林，一如他的内心，尚有磅礴激情，慷慨心志，却已无多少希望可言。他开始"悲余生之无欢"，在深山野岭日夜徘徊，披头散发，形容憔悴，神魂难安，泪落沾襟。时日依然向前推移，但他只是漠然看着秋风摇动草木，浮云卷曲飘移，仿佛一切已与他全然无关。

这难堪的境遇，心底留存的坚持，牵萦的情思，可向谁

诉说呢？当然无人可诉，若有人肯倾听，他也不至于落到如此地步；退一步讲，即便有可诉说的人，也不过徒然重复着不被理解、不被赏识的命运。思来想去，只好"口噤闭而不言"。

可是许多事，并非"不言"便可。真正爱国的人离开了故国，渡过湘江沅水，漂泊远行，从此无人再真心护卫家国，若故国横遭祸患，宗族祖先的鬼神更有谁去祭祀？先人功业，还有谁能继承？这位被后人称之为伟大的爱国诗人的贤士，无处言说内心郁结，无从排解对故国的忧心，只能姑且"浮游于山陜"，"步周流于江畔"，在山峡之间漫步，在江水之畔游荡。最终，他徘徊又徘徊，游荡再游荡，终于将所有的怅恨和痛苦都融汇于深渊之上的那一声长啸。

苦吟悲歌，不如纵声一啸。既然人生已落魄至此，既然这个世界从来都不给高洁之人留下一片干净天地，不愿花费哪怕一丁点心思去理解他人的爱恨悲欢，何妨吟啸且徐行，再不去理会身外纷扰和命里浮沉。

他的生命到底燃烧过

屈原《思美人》节选

思美人兮，揽涕而伫眙①。媒绝路阻兮，言不可结而诒。蹇蹇之烦冤兮，陷滞而不发。申旦以舒中情兮，志沉菀②而莫达。愿寄言于浮云兮，遇丰隆而不将。因归鸟而致辞兮，羌宿高而难当。

【注释】

①揽（lǎn）涕：收起眼泪。伫眙（zhù chì）：久久站立，注视前方。

②沉菀（yùn）：心思郁积。

《诗经·邶风》有《简兮》篇，写女子恋慕风度翩翩的舞者，魂牵梦萦之际发出甜蜜而惆怅的叹息："云谁之思？西方美人。"以"美人"言男子，真是绝代的风华。比起称女子为"美人"，那份美感更是入骨，让人忍不住去怀想那些与美有关或无关的曲折心绪和深婉风情。所以，清代学者牛运震说这首诗以"细媚淡远之笔作结，神韵绝佳"，好似这种美丽的情怀与姿态已透纸而出，直逼目前，让人不能自已地生出了欢喜和赞叹。

屈原写《思美人》，也是以"美人"言男子，而且这名男子并非常人，他是一国之君，坐拥江山，呼风唤雨。可是，屈原说"思美人兮"，那高高在上的国君仿佛一下子就变成了可望不可即、可遇不可求的伊人，与他隔着一条无法泅渡的河流，云山雾罩的，恍若梦里光景，看不分明。

他久久伫立着，遥望远方，思念美人，泪眼迷蒙。明明知道没有媒人，路又迢遥，那些思念与表白总是说不出口，无法成章，仍然断绝不了痴惘之心，这样的情景、心境，像极了爱情。就像爱一个人，爱得静默而深刻，爱得让自己的眼泪逆流成河，心爱的人却永远站

在水的另一边，求而不得。

"所谓伊人，在水一方"，白露茫茫，秋苇苍苍，《诗经·蒹葭》中的男子曾痴迷地在水边徘徊，寻找他的伊人。伊人似乎就在眼前，但他只能看到她在水一方的倩影，美丽的笑容在雾中若隐若现，他与她，盈盈一水间，脉脉不得语。

屈原与他的君王何尝不是这样，彼此之间相隔迢迢天河，一人永恒思念和追求，另一人却总是轻易转身，决然而无情。他想将一腔衷情托付给浮云，云神不肯听取；想让飞鸟为自己传话，它却迅疾高飞，转瞬便消失了踪影。梦里遥不可及的君王，原来是人人皆想追求，却求之不得的美人。屈原的"思美人"，真是缱绻，也真是绝望。他和理想之间的距离虽然咫尺可见，却也远在天涯，美好的思念缠绵如流水，却是怎么流，也流不到江水的那一方。

他的人生从来便是如此，香草，美人，那些终生追逐的美好理想，高洁情操，他心心念念的君主和故国，无时无刻不在他身侧心底，流连辗转，悲愁怅叹，却又如遥远天际的尘埃，海角天涯浑然一体的暮色，如生生世世抵达不了的开满血红曼陀罗的彼岸，让他一直触碰不到，拥有不了，让他耗尽了毕生心神，燃尽了满腔热血，最后也只换来一场空。

所幸，他的生命到底燃烧过，如烟火，瞬间的璀璨，便可让人间所有灯火失去颜色；又如爱情，轰轰烈烈，不管爱过谁，不管结局如何，终究不会后悔。

独自一人茫然来去

东方朔《谬谏》节选

固时俗之工巧兮，灭规矩而改错。却骐骥而不乘兮，策驽骀而取路。当世岂无骐骥兮，诚无王良之善驭。见执辔者非其人兮，故驹跳而远去。不量凿而正枘兮，恐矩矱①之不同。不论世而高举兮，恐操行之不调。弧②弓弛而不张兮，孰云知其所至？无倾危之患难兮，焉知贤士之所死？俗推佞而进富兮，节行张而不著。贤良蔽而不群兮，朋曹比而党誉。邪说饰而多曲兮，正法弧而不公。直士隐而避匿兮，谗谀登乎明堂。弃彭咸之娱乐兮，灭巧倕之绳墨。莨蒤杂于廳蒸③兮，机蓬矢以射革。驾蹇驴而无策兮，又何路之能极？以直针而为钓兮，又何鱼之能得？伯牙之绝弦兮，无钟子期而听之。和抱璞而泣血兮，安得良工而剖之？

【注释】

①矩矱（jǔ yuē）：规矩法度。

②弧（hú）：弓。

③廳（zōu）蒸：麻秆。

唐代诗人王勃写下"海内存知己，天涯若比邻"这样的千古名句时，心境当是磅礴宽广，气吞宇宙八荒。也难怪，王勃几乎和他的时代一样年轻蓬勃、无所畏惧。这是唯有唐人才有的胸怀。在此之前，如伯牙子期那样高山流水的知音之交，也要走向"子期死，伯牙绝弦"（《列子·汤问》）的悲伤结局；在此之后，世人便只一味慨叹"相识满天下，知交能几人"，"万两黄金容易得，知心一个也难求"，满怀伤感。

关于知音，还是孟浩然说得贴切，"知音世所稀"，正因其稀有难得，才值得世人如此渴盼珍视。早在《诗经》书写的时代，人们就吟唱着"知我者谓我心忧，不知我者谓我何求"，是殷殷寻觅知己之意，也是知晓无人懂得、无人可诉的清醒，于是只好让纸上墨字穿越茫茫岁月，走进读懂它的人心底。隔代的知音也是知音，写一首诗，作一曲词，所有试图留下什么的举动，都是期盼着遥远时空背后的慰藉。

东方朔写《七谏》，也无非是想得到遥远的慰藉，因为眼前当下，并无慰藉可言。他的君主，只把他当作一个滑稽的文人，仅供娱乐，就连司马迁为他做传，也把他列入《滑稽列传》；他的同僚，只会对他冷嘲热讽，说他"修先王之术，慕圣人之义，讽诵《诗》《书》、百家之言"，"自以为海内无双"，侍奉圣上数十年，却"官不过侍郎，位不过执戟"。

没有人欣赏他，没有人理解他，没有人读懂他怀才不遇的愤懑，没有人相信他有渴望一展抱负的雄心壮志，他终其一生，怀抱着贤士的心，却只能做着三流文人的事。

身在汉武帝治下的大汉盛世，东方朔几乎为自己感到哀怜了，他想，如何证明自己是一位身负才干的贤士？千里马若无

伯乐，也不过草草淹没于劣马群中，潦倒终生，若无善于驾驭之人，最终也会挣脱缰绳离去。没有一个施展才干的舞台，谁知道他除了"博闻辩智"，还有政事之才？这就好比一张弓，从来都不曾拉满，又怎能知道它的射程有多远？若不遇灾难丛生的乱世，又怎知平日里默默无闻的贤良忠直之士会不顾惜生死？

于是，他得出一个绝望的结论：他根本证明不了自己。即使向天地日月倾诉衷肠，向整个世界剖白自我，也不会换来丝毫回应。在这茫茫人世间，在漫长的人生路上，他竟一个知音也寻不着。

知音世所稀。当年姜太公用直钩钓鱼，钓来了周文王的青睐和重用，今时今日，世间哪里还有文王？只有怀着满腔不遇之恨的人，独自一人在这太过寂寞的世间茫然来去。

卷六　心若莲花不染尘

　　倘若有人懂得他，有人肯与他携手同行，这份懂得和陪伴至少还能穿透他心灵的绝望和阴暗。可惜谁也不在他身边，整个世界，都是他的。

未来，是一片混沌

东方朔《初放》

　　平生于国兮，长于原野。言语讷涩兮，又无强辅。浅智褊能①兮，闻见又寡。数言便事兮，见怨门下。王不察其长利兮，卒见弃乎原野。伏念思过兮，无可改者。群众成朋兮，上浸以惑。巧佞在前兮，贤者灭息。尧舜圣已没兮，孰为忠直？高山崔巍兮，水流汤汤。死日将至兮，与麋鹿同坑②。块兮鞠③，当道宿，举世皆然兮，余将谁告？斥逐鸿鹄兮，近习鸱枭。斩伐橘柚兮，列树苦桃。便娟④之修竹兮，寄生乎江潭。上葳蕤⑤而防露兮，下泠泠⑥而来风。孰知其不合兮，若竹柏之异心。往者不可及兮，来者不可待。悠悠苍天兮，莫我振理。窃怨君之不寤兮，吾独死而后已。

【注释】

　　①褊（biǎn）能：能力有限。

　　②坑：同"坑"。

　　③块：形容孤独。鞠（jū）：躺在地上。

　　④便（pián）娟：秀美。

　　⑤葳蕤（wēi ruí）：草木茂盛。

　　⑥泠泠（líng）：形容风很凉爽。

陈子昂登幽州台，曾赋下千古绝句："前不见古人，后不见来者。念天地之悠悠，独怆然而涕下。"这种广大无垠的胸怀，豪情磅礴的气势，是初唐的雄壮气质使然，即使是那种独立于天地之间、前无古人后无来者的孤独感，也褪去了哀怨与自怜，只留下一派明健爽丽。

而东方朔写下《初放》，一抒心中茫茫哀伤，却无一丝唐人的豪放气魄，唯有彻骨的孤独，缓缓侵蚀全部心魂。

他的时代，是大汉天子野心勃勃、好兵黩武的时代，随侍在天子身侧的他，原本也该染上一些雄壮豪迈的气度、激烈昂扬的气概，可惜那辉煌的战绩、强悍的军队、可以用作茶余饭后谈资的赫赫功业，全都只属于帝王，与他无丝毫干系。他的时代，是泱泱中土天朝，国富民强，却并不如后来的唐朝那样，兼容四方文化，蓬勃自信，自由奔放，气象广大，雍容强盛。如果说大唐是正当作为的青年时期，那么大汉就还是敏感纤细的少年。这位少年虽然老成，却仍对痛苦、悲伤、忧愁有着极为敏锐的思绪。

悲哀的声音总是比欢快的调子更容易折人心肠，所以当东方朔在朝堂之上尽职尽责地做一名诙谐敏捷、滑稽多智的俳优弄臣时，他写下的辞赋却是哀婉伤情，充满了怀才不遇的悲叹。他博学多才，精通兵法，关心政治，曾上陈富民强国之计，并不甘心一生皆以弄臣的身份立足朝堂，然而命运如此，没有转圜余地。如他在《初放》里写屈原"数言便事兮，见怨门下"，他自己何尝不是这样，只因陈述利国利民之策，便触怒权贵，遭人嫉恨。

他想象着屈原在流放途中"伏念思过"，反省自己究竟有

何过错，以致见逐遭弃，反思的结果竟是"无可改者"，根本就没有什么好改正的地方。毫无过错的忠臣受到责难，这几乎是每一个时代都会发生的悲剧，只因"尧舜圣已没"，理想的时代早已失却，此后的忠心贤良之士便只能孤独地跋涉在一条再无光亮的路上，思慕着永不可触及和重现的遥远往昔，追寻着永不能实现的空虚的理想。

"死日将至兮，与麋鹿同坑"，当是东方朔对屈原心境最痛切的想象。他想象着屈原独自一人颓然倒在路上，想到自己死日将至，茫茫然看向过往，发现过去的一切，未曾留下丝毫痕迹，他只可追念、遥祭，不能再次抵达；而未来，是一片混沌，或许将来某一天，世间还会有如尧舜那样知人善任的明君诞生，但那已经不再重要了。

无论是屈原还是东方朔，他们都是站在自己不息转动的命轮里，站在一片前不见古人、后不见来者的荒原里，孤独自怜。隔着几百年的遥远时空，二人遭际何其相似，历史像是跟他们开了一个相同的玩笑之后，就此转身而去，从此呼应不灵。

知其不可而为之

东方朔《哀命》

　　哀时命之不合兮，伤楚国之多忧。内怀情之洁白兮，遭乱世而离尤。恶耿介之直行兮，世溷浊而不知。何君臣之相失兮，上沅湘而分离。测汨罗之湘水兮，知时固而不反。伤离散之交乱兮，遂侧身而既远。处玄舍之幽门兮，穴岩石而窟伏。从水蛟而为徒兮，与神龙乎休息。何山石之崭岩兮，灵魂屈而偃蹇。含素水而蒙深兮，日眇眇而既远。哀形体之离解兮，神罔两而无舍。惟椒兰之不反兮，魂迷惑而不知路。愿无过之设行兮，虽灭没之自乐。痛楚国之流亡兮，哀灵修之过到。固时俗之溷浊兮，志瞀迷①而不知路。念私门之正匠兮，遥涉江而远去。念女嬃之婵媛兮，涕泣流乎於悒②。我决死而不生兮，虽重③追吾何及。戏疾濑之素水兮，望高山之蹇产。哀高丘之赤岸兮，遂没身④而不反。

【注释】

　　①瞀（mào）迷：郁闷迷惑。

　　②於悒（wū yì）：呜咽。

　　③重（chóng）：再三。

　　④没（mò）身：自沉江流。

大凡将功名利禄视作粪土，并宣称自己不要浮名的白衣文士，大多对这"浮名"是爱之入骨的。如魏晋名士，蔑视礼法，离经叛道，行事任性癫狂，却恰恰是对礼法最维护的一群人，他们反抗和蔑视的，是歪曲了人性的、被权力僵化的礼法。

屈原恨君王听信谗言、昏聩不明时，也是出自爱。东方朔记下怀才不遇、愤世嫉俗的哀叹时，何尝不是因为他对仕途、天下有太多的爱和抱负。

这种爱既是以天下为己任的责任感，也是青史留名的渴望，却不是贪婪，不是对虚名厚利的欲求。其实，他们也不得不爱，专权统治的社会给读书人预备了不二之路：学而优则仕。这让许多学识渊博、才华横溢的人生出了错觉，以为自己比别人更有指点江山的资格。事实却是，并非每一个有文才的人都有封侯拜将、治国安邦的才能，有的人，确实只适合读书，将文才演绎得惊天动地、脍炙人口；还有的人，只可治学、育人授才，只适合生长在古老素朴的文字里，思索天地人生的大道理。

屈原也好，东方朔也好，他们将偌大的天下装入一己之心，并为此折磨自己，甚至为此付出生命的代价。可是，并没有人能够许诺他们一个以才华济世、助天下万民安居乐业的美好未来。

屈原在朝堂之上，努力为国为民谋求福祉，遭流放之时，仍是万般渴望重回朝堂，为了完成他一生的理想，不撞南墙不回头，九死而无悔。而东方朔在以滑稽逗乐以谋生的同时，仍然努力"观察颜色，直言切谏"，始终将天下政事放在心上，最终在郁郁不得志的时候哀叹"时命之不合"。

知其不可而为之，结局自然是时命难合。这本就不是一个属于他的世界，不是他想象中的理想时代，他却偏要朝那不切实际的理想迈步，其中障碍可想而知。内心的高洁忠贞之志，并不能成为摈退黑暗现实的坚盾；忠诚正直的气质，也不能够洗净这世道的混浊。深爱国家、君王的人，只能"痛楚国之流亡兮，哀灵修之过到"，国将不国，君王昏聩，早已积重难返，凭借一己之力，根本无法扭转，除了感到痛惜、悲哀，他束手无策。

后来，东方朔并未如他笔下的屈原一样，"决死而不生"，充满哀痛地最后看一眼他心爱的楚地江山，投身汨罗从此永远离去，他只是一面叹息着时命不合，并清醒地知晓时与命的难以更改，一面黯然离开朝堂，隐居终生。

时命难合，只求圆满

屈原《渔父》

　　屈原既放，游于江潭，行吟泽畔，颜色憔悴，形容枯槁。渔父①见而问之曰："子非三闾大夫与？何故至于斯？"屈原曰："举世皆浊我独清，众人皆醉我独醒，是以见放。"渔父曰："圣人不凝滞于物，而能与世推移。世人皆浊，何不淈②其泥而扬其波？众人皆醉，何不餔其糟而歠其醨③？何故深思高举，自令放为？"屈原曰："吾闻之：新沐者必弹冠，新浴者必振衣。安能以身之察察，受物之汶汶④者乎？宁赴湘流，葬于江鱼之腹中。安能以皓皓之白，而蒙世俗之尘埃乎？"渔父莞尔而笑，鼓枻⑤而去。

　　歌曰："沧浪之水清兮，可以濯⑥吾缨；沧浪之水浊兮，可以濯吾足。"遂去，不复与言。

【注释】

　　①渔父（fǔ）：捕鱼的老人。

　　②淈（gǔ）：搅混。

　　③餔（bū）其糟：本义指吃酒糟，喻指屈志从俗，随波逐流。歠（chuò）其醨（lí）：本义指饮薄酒，比喻随波逐流，从俗浮沉。

　　④汶汶（mén）：玷辱的样子。

⑤鼓枻（yì）：划桨泛舟。

⑥濯（zhuó）：洗涤。

"颜色憔悴，形容枯槁"，屈原如此形容被放逐后久不得归的自己，实在再贴切不过。读这句诗，仿佛那个茕茕独行于江潭泽畔的伛偻消瘦的诗人身影，就浮现于眼前，那样清晰毕现。司马迁写《史记·屈原列传》时，也心仪此句，原封不动将这八字挪用于文中，以此描绘失落了理想之后的屈原心力交瘁的末路情状。

一日，心事重重"游于江潭"的屈原在水边与一渔父相遇，渔父问他："何故至于斯？"你本是意气风发，青云直上，官至三闾大夫，辅佐怀王雷厉风行改革朝政，一心为国富民强而努力，为抵挡西秦虎狼之国的野心而奋争，如今，何至于如此憔悴、落寞？

屈原答："举世皆浊我独清，众人皆醉我独醒。"这是一个污浊的俗世，世人皆随波逐流，从众流俗，唯有我清白如日月，洁身自好，宁折不弯；这也是一个混沌的世界，黑白颠倒，是非不明，世人都醉了，糊涂了，唯有我清醒如初，将这世界看得太过通透，所以总是满怀忧伤，满心痛苦。

只因与众不同，不苟合，不妥协，才落得这般地步，听起来很荒谬，却是真真切切的事实。渔父于是道："圣人不凝滞于物，而能与世推移"，时世总是不断变化的，圣人深谙此理，故能随时而变、随势而变，不受外界事物的束缚。倘若"世人皆浊"，你何不搅浑泥水，扬起浊波？若是"众人皆醉"，何妨大吃酒糟，痛饮美酒？何必思虑深远，自命清高，

以致让自己落了个被放逐的下场？

渔父这番话，当是道家"和其光，同其尘"思想的精髓，后世的文人士子，若在现实的宦海仕途里遭遇了挫败，便会不约而同地向往渔父的生命境界。张志和《渔歌子》有"青箬笠，绿蓑衣，斜风细雨不须归"的意境，柳宗元《渔翁》有"欸乃一声山水绿"的情趣，苏轼《渔父（四首）》有"酒醒还醉醉还醒，一笑人间今古"的豪放，李煜《渔父（二首）》亦有"花满渚，酒满瓯，万顷波中得自由"的洒脱。

"沧浪之水清兮，可以濯吾缨；沧浪之水浊兮，可以濯吾足"，在渔父看来，这世间有清便有浊，有善便有恶，执着于清浊之分，善恶之辩，大可不必。可是，知晓自己是因清白而获罪，却不愿假装随俗；明白自己是因太清醒，看不开、放不下才如此悲伤痛苦，却不愿置身于混沌的人群里，装得糊涂一些，这才是屈原。

屈原和渔父其实代表了人生的两面和两种不同的选择，一种是儒家坚持理想、宁肯舍生而取义的人生哲学，另一种是老庄超脱世俗、吟啸烟霞的处世态度。很难说哪一种选择更好，中国的士子往往两面兼具，时命相合时便入世匡世，齐家治国平天下，时命难合时便出世避世，求得自身精神的超脱和圆满。

无私的品性，堪与天地相较

屈原《橘颂》

后皇嘉树，橘徕服兮。受命不迁，生南国兮。深固难徙，更壹志兮。绿叶素荣，纷其可喜兮。曾枝刻①棘，圆果抟②兮。青黄杂糅，文章烂兮。精色内白，类可任兮。纷缊③宜修，姱而不丑兮。

嗟尔幼志，有以异兮。独立不迁，岂不可喜兮？深固难徙，廓其无求兮。苏世独立，横而不流兮。闭心自慎，不终失过兮。秉德无私，参天地兮。愿岁并谢，与长友兮。淑离不淫，梗其有理兮。年岁虽少，可师长兮。行比伯夷，置以为像兮。

【注释】

①曾：层层叠叠。刻（yǎn）：锐利。

②抟（tuán）：圆。

③纷缊（yūn）：纷繁茂盛。

春秋时期，齐国晏婴出使楚国，楚王有意刁难，吩咐左右于酒宴中缚一名齐国犯人上前，并问晏子："齐人善盗者乎？"晏子以一句"橘生淮南则为橘，橘生淮北则为枳"作

答，巧妙避开机锋。橘的习性很奇怪，只有生在南国，才能结出甘美果实，若生在北国，长出的果实便会又苦又涩，晏子说，之所以如此，是因南北水土不同，齐人在齐国的土地上并不行偷窃之举，如今到了楚国便犯盗窃之罪，莫非是楚国水土使民善盗？

一轮外交上的高手过招，以晏婴的大获全胜而告终，楚王存心辱人，反而自取其辱。屈原或许也听说过这段逸事，但他写《橘颂》，却并不打算替前代楚王讨回面子，而纯粹只为赞美、颂扬这种只肯生长于南国、只肯于南国释放出最美生命精华的植物。

《汉书》曰："江陵千树橘。"江畔丘陵平原之上，黄澄澄的圆润果实挂满千树万树的景象，不知是怎样的缤纷绚丽。天地孕育的橘树，生来就只适应这方水土，"受命不迁，生南国兮"，当屈原看着这种叶儿碧绿、花儿素洁的植物，体味着它永不迁徙的使命，永远生长于南国的习性时，心中定是生出了惺惺相惜之意。它的专一、坚毅、矢志不渝，难道不是屈原对君王的耿耿忠心，难道不是屈原历经打击、屈辱之后仍然不改初衷的高尚节操的写照？

看那橘树，层层枝叶间虽然长着尖刺，却是为了防范外来的侵害，而它献给世人的，却是如此圆美的果实。看那橘实，外表鲜丽，内瓤纯洁，气韵芬芳，风姿盈盛，好比身担重任的君子，没有一点瑕疵。

那一树树根深蒂固生长于南国大地的橘树，胸襟开阔，无所欲求，卓然立于人间浊世，志节充盈，绝不俯从俗流，坚守自心，摒除外物干扰，无私的品性堪与天地相较。在众芳凋谢的岁暮，它依然披着一身苍翠，在严寒中傲立，真有一种遗世独立的美丽。所以屈原道："与长友兮"，"可师长兮"，"置以为像兮"，愿与它长久相伴，永远为友，愿将它当作自己最钦佩的师长，愿永远将它当作立身的榜样。

屈原句句颂橘，实则如同镜花水月，处处赞美的皆是和自己一样有着高洁操守、不与世俗同流的志士仁人。"嗟尔幼志，有以异兮"，惊叹橘树自小立志便迥异于其他植物，亦是赞美自己从幼年起便有伟大志向，且至今不改此志。而在橘树"独立不迁"的可喜品质中，屈原是临水照花人，从中照见的恐怕也是自己不因时俗迁移而改变的巍然独立的节操。如此借物抒志，以物写人，竟至物我难分，彼此互映，无怪乎后人将屈原称为"咏物之祖"。

遍游四方，等待盛世
贾谊《惜誓》节选

黄鹄后时而寄处兮，鸱枭群而制之。神龙失水而陆居兮，为蝼蚁之所裁。夫黄鹄神龙犹如此兮，况贤者之逢乱世哉！寿冉冉而日衰兮，固儃回①而不息。俗流从而不止兮，众枉聚而矫直。或偷合而苟进兮，或隐居而深藏。苦称量之不审兮，同权概而就衡。或推迻②而苟容兮，或直言之谔谔③。伤诚是之不察兮，并纫茅丝以为索。方世俗之幽昏兮，眩白黑之美恶。放山渊之龟玉兮，相与贵夫砾石。梅伯数谏而至醢兮，来革顺志而用国。悲仁人之尽节兮，反为小人之所贼。比干忠谏而剖心兮，箕子被发而佯狂。水背流而源竭兮，木去根而不长。非重躯以虑难兮，惜伤身之无功。

已矣哉！独不见夫鸾凤之高翔兮，乃集大皇之野。循四极而回周兮，见盛德而后下。彼圣人之神德兮，远浊世而自藏。使麒麟可得羁而系兮，又何以异乎犬羊？

【注释】

①儃（chán）回：运转。

②推迻（yí）：与世推移，随波逐流。

③谔谔（è）：形容直言的样子。

　　鸿鹄振翅而起时，可以高飞至云霄，尘世之污浊，纤毫不染，可是，它若错过了高飞的时机，栖息于山林，便再无平日英姿，只能被恶鸟群起攻之，毫无还手之力。神龙在浩瀚的江河湖海中遨游时，一昂首，可以使风动云涌，一摆尾，可以让天地变色，然而它一旦离开水底上岸，就会受制于微不足道的蝼蚁。

　　鸿鹄神龙尚且如此，何况贤者遭逢乱世？贤臣若生在治世，国泰民安，明君在上，政事清明，自当平平安安为国为民鞠躬尽瘁，但若生在以直为枉、以枉为直的乱世，便好比鸿鹄沦落山林，遭群小攻讦，亦如神龙失陷陆地，为蝼蚁之辈辖制，不仅志不得伸，清白遭污，连身家性命都会受到威胁。

　　只因乱世之中，君王不辨是非，不明忠奸，有人进谗献媚、贪图富贵，同流合污、苟且偷生，有人隐居深山、避世不出，直言不讳、敢于谏诤，昏聩的君王却将两类人混为一谈，以同一种标准来衡量，既不能体察忠诚，也不能够明辨奸恶，分不清忠言和谗言孰轻孰重。

　　当贾谊为屈原吟出这番痛惜之言时，他自己恐怕也正身处难堪的境遇里，哀叹自伤。当年他以二十出头的年纪得到汉文帝赏识，被征召为博士，不久便升为太中大夫，仕途一片大好，谁知为同僚排挤，遭贬为长沙王太傅。他的贬谪地，恰是屈原的故土。他想，他此时的茫然，或许正是昔日屈原的茫然。

　　身在乱世，屈原注定无路可走，而贾谊自己，也被远远贬逐出京城，在遥远的荒山恶水中消磨生命。想那商纣暴虐，曾将梅伯剁成肉酱，也曾挖出比干的心脏，更逼得叔父箕子披发

佯狂以避祸，无论贤人忠士如何奔走努力，也敌不过巨大的恶的浊流，最终都会被奸邪小人所害。再看当今的朝堂之中，标榜自己身价百倍的仍然是一些粗劣的顽石，而如美玉良石一般的贤臣，仍然无立足之地。

他们像神龟美玉一样被抛弃在名山大川，哀伤地看着时光从指缝流走，匆匆而过，从不停息，看着自己在这迅疾的流逝中逐渐苍老，如日薄西山，踏进生命的黄昏，却仍然功业未建，一事无成百不堪。更难堪的是，他们胸怀匡扶济世的雄心，最终却只能看着原本可以得救的家国，一步步走向衰落和毁灭。这或许才是最痛心之事，他们随同时代一起凋亡，面对生命的苍老和历史的沧桑，一样的有心无力。

罢了罢了，思来想去，也只能徒增忧伤，当日屈原尚未得出的答案，今日我贾谊又怎能得出？不如放下世俗的一切，远走高飞，超脱这无尽的烦恼。难道你没看见身为百鸟之王的凤凰正高飞而去，远远聚集在大荒之中？它们会高高翱翔于天际，遍游天地四方，等待盛世到来，方才降临于世。好比有德行的圣人，皆"远浊世而自藏"，只因浊世里唯有束缚，唯有伤害，他们只能全身远害，静待时势。

正因为远离浊世，凤凰才可称为神鸟，麒麟才可称为神兽，贤者才可称为圣人。若神鸟凤凰放弃无边无际的宇宙天际，在尘埃中低伏，那与鸡鸭有何区别？若神兽麒麟不是出入神山之间，圣水之畔，飘忽行踪，而是于俗世被拘系，那与犬羊有何区别？若贤者深陷于世俗的泥沼，随波逐流，无法坚持自我的理想，保持操守的清白，那与小人又有何异？

倘若有人懂得他

王逸《疾世》节选

　　周徘徊兮汉渚，求水神兮灵女。嗟此国兮无良，媒女诎兮谅谀①。鸦雀列兮哗讙②，鸲鹆鸣兮聒③余。抱昭华兮宝璋，欲衒鬻④兮莫取。言旋迈兮北徂，叫我友兮配耦⑤。日阴曀兮未光，阒眇窕⑥兮靡睹。

【注释】

　　①诎（qū）：言语迟钝。谅谀（lián lóu）：委屈繁杂，絮语不清。

　　②鸦（yàn）雀：小鸟名。哗讙（huá huān）：喧哗。

　　③鸲鹆（qú yù）：鸟名，俗称八哥。聒（guō）：吵闹。

　　④衒鬻（xuàn yù）：叫卖。

　　⑤配耦（ǒu）：即配偶，这里指朋友知己。

　　⑥阒（qù）：寂静。眇窕（xiāo tiǎo）：昏暗。

　　"南有乔木，不可休息。汉有游女，不可求思。"《诗经·汉广》讲述了一个求而不得的故事：南方有高大的乔木，不能够在它下面歇息；汉水边有心仪的女子，可惜不能追求。故事中的樵夫对汉水边行踪缥缈的神女满怀炽热的爱恋，却

只能用静默无声的姿态，将汹涌不息的深爱化作平静无波的心湖。

隔着一条并不浩荡的江水，可见而不可求，如同隔着爱情世界里最遥远的距离。这距离或许是身份的鸿沟，不可逾越；或许是种种现实的牵绊，无从挣脱；或许是因人神两隔，神女又太过缥缈无踪，凭区区人力，自然无法触及。

汉水神女自此几乎成为一种象征，她化身为人心底最渴盼却永不能企及的理想，立于汉水之畔，隔着迷离的水雾，窈窕倩丽的身影若隐若现，让人永远看不分明，却也永远断绝不了内心的痴惘。

屈原流放之际，也曾周游彷徨于汉水泽畔，渴望与那可望不可即的女神相遇。实则，屈原哪里真是想要追求女神，他真正想要追求的，是美政的理想，是清明干净的现实，是君臣之间心无芥蒂，是家国的繁荣兴盛，是万民的安康乐业，是他倾其一生、耗尽心血想要实现的梦。

可是，举国上下贤良之人凤毛麟角，就算想要托谁传达心志，也难以传递。媒人的口才是这样的笨拙，周围的环境是这样的嘈杂，小人群聚，喧哗吵闹，奸臣齐鸣，扰乱视听，就算他的心志可昭日月，又有谁会看见，又有谁肯来了解？他的怀里分明抱着美玉，想要出售，却无人问津，这就是摆在眼前的无奈现实。

王逸用"疾世"二字，是为表达"痛恨世道人情"之意。想来屈原面对眼前无可更改的现实，也唯有痛恨。痛恨之后，便是转身。转身不是眼不见为净，不是逃避，"言旋迈兮北徂，叫我友兮配耦"，转身远去向北行进，是为了呼唤志同道合之人。

　　只是，当日色昏暗不见光亮之际，当世间已如山谷一般幽深，真相被遮蔽，无法看清。一个人的光芒，要如何照破世事茫茫的黑暗？倘若有人懂得他，有人肯与他携手同行，这份懂得和陪伴至少还能穿透他心灵的绝望和阴暗。可惜谁也不在他身边，整个世界，都是他的。

行走在孤独的尘世

王褒《昭世》

世溷兮冥昏，违君兮归真。乘龙兮偃蹇，高回翔兮上臻。

袭英衣兮缇缙[①]，披华裳兮芳芬。登羊角兮扶舆，浮云漠兮自娱。握神精兮雍容，与神人兮相胥。流星坠兮成雨，进瞵盼[②]兮上丘墟。览旧邦兮滃郁，余安能兮久居！志怀逝兮心懰慄[③]，纡余辔兮踌躇。闻素女兮微歌，听王后兮吹竽。魂凄怆兮感哀，肠回回兮盘纡。抚余佩兮缤纷，高太息兮自怜。使祝融兮先行，令昭明兮开门。驰六蛟兮上征，竦余驾兮入冥。

历九州兮索合，谁可与兮终生？忽反顾兮西囿，睹轸丘兮崎倾[④]。横垂涕兮泫[⑤]流，悲余后兮失灵。

【注释】

①缇缙（tí qiè）：橘红色的衣服。

②进瞵（lín）盼：凝视。

③怀：想要。懰慄（liú lì）：忧愁。

④轸（zhěn）丘：高大险峻的山。崎倾：形容山势险峻。

⑤泫（xuàn）：流泪的样子。

王褒一生短暂，只在汉宣帝身边任过文学侍从，还未有什么作为就病逝了。而他染病的缘由，竟是因宣帝听信方士之言，命他去益州祭祀传闻中的"金马碧鸡之宝"。便是在赴益州途中，他染上时疾，未得医治而亡。

他的人生，只来得及当一个不大的官，写下几篇辞赋，便因一件与才华、与能力毫无关系的事而结束了，如此荒谬的生命终结方式，于一个满腹才学的人而言，着实不值。汉宣帝并非昏君，他在位期间，正是汉朝武力最强盛、经济最繁荣的时期，可是这并不能减轻王褒仕途上多艰难的苦闷心情：都是怀才不遇，若遇上昏君，尚能将一切过错都推到君主头上；若是明君在上，仍然不得重用，那种郁郁的心境，大概会比前者更加浓重。

在郁郁寡欢的境遇里，王褒或许唯有在忆起屈原，忆起那个至今仍飘荡在楚地上空的清白高洁的魂灵时，才能得到些许安慰。

他设想屈原"乘龙兮偃蹇，高回翔兮上臻"，乘坐神龙蜿蜒而上，高高回旋抵达九天，穿上鲜妍美丽的红色丝袍，披着华美衣裳芳香袭人，就这样飘浮在银河之上，看流星陨落如雨，心中却满是"凄怆"和"自怜"。这一场远游，如同屈原想象过千万遍的远游一样，起初是因仕途混沌，环境险恶，才想要离开君王，寻找本真，而一旦抵达了自由的天幕，终究还是因云气之下的故国而悲愁满怀，涕泪交加，最后重回人间，回到那被诅咒了无数次的命运里，继续挣扎。

"历九州兮索合，谁可与兮终生？"走遍天下九州，本是为寻找志同道合之人，可是谁又能与他结伴终生，看着同一个方向，向往着同一个理想？他太高洁，太孤绝，以至于现实中

的一切于他都是玷污，以至于没有任何人能够与他比肩。

深味生命的悲喜和甘苦、人生抉择的自由和桎梏，并在蒙受悲喜甘苦，受制于自由与桎梏，穿越漫漫时光之后，仍然坚持自我，未曾有丝毫改变，除了屈原，世间还有几人可以做到？他一直有挣扎，也一直承受着自我的折磨，却从不曾改变初衷，窒息他自由的心灵，弯折他硬直的脊背。当别人感叹自己在时光中逐渐蒙尘，感叹仕途已是怎样的晦暗不堪，他却仍旧托着他清澈透亮的心，不疾不徐行走于这个太过孤独的尘世。

心志耀目于历史的晴空

刘向《远游》节选

　　悲余性之不可改兮，屡惩艾而不迻①。服觉皓②以殊俗兮，貌揭揭以巍巍。譬若王侨之乘云兮，载赤霄而凌太清。欲与天地参寿兮，与日月而比荣。登昆仑而北首兮，悉灵圉③而来谒。选鬼神于太阴兮，登阊阖于玄阙。回朕车俾④西引兮，褰⑤虹旗于玉门。驰六龙于三危兮，朝西灵于九滨。结余轸⑥于西山兮，横飞谷以南征。绝都广以直指兮，历祝融于朱冥。枉玉衡于炎火兮，委两馆于咸唐。贯沨濛以东揭⑦兮，维六龙于扶桑。

【注释】

　　①惩艾（yì）：惩治。迻（yí）：通"移"，变易。

　　②觉：明。皓（hào）：明。

　　③灵圉（yǔ）：神仙的名号。

　　④俾（bǐ）：使。

　　⑤褰（qiān）：提起。

　　⑥结：屈曲。轸（zhěn）：车子。

　　⑦沨濛（hòng méng）：混沌之气。揭（qiè）：离去。

宋玉《神女赋》形容神女之美："其始来也，耀乎若白日初出照屋梁；其少进也，皎若明月舒其光。"曹植的《洛神赋》写洛神，亦形容其"仿佛兮若轻云之蔽月"，"皎若太阳升朝霞"，都是将翩若惊鸿的女子比拟日月生辉。

女子青春华颜绽放的鲜妍美好，也唯有清晨初升的旭日，晚间刚起的新月堪作比拟，其超凡脱俗、光耀万物的美，令人怦然心动，惊喜若狂。

屈原常以女子自比，其实是将自己的清白心志比作女子之美。女子的美既可与日月争辉，他的心志自然也可比日月，如此耀眼、皎白，令万物相形见绌，却也以它温暖、柔美的光芒用心滋养着万物。

"欲与天地参寿兮，与日月而比荣"，此番慷慨心志，当是先秦时代生于辽阔楚地的人特有的浪漫与大气。彼时，先人眼中的天与地，日与月，并非今人所认为的自然现象，而是神灵所诞，阴阳交合所生，蕴含无与伦比的灵性。那时的先民们，虽深切地知晓自己在自然界面前的渺小和无助，却也有着后人不再具备的巨大勇气，敢与天地日月对话、并肩。

刘向的这篇《远游》，开篇便道："悲余性之不可改兮，屡惩艾而不逢"，悲叹本性无法改变，虽屡受惩创，心志仍未有分毫变易——如此个性张扬、坚韧不移的人，已足以单独鼎立于天地之间，足以与日月的光辉相较。

因欲与天地一样长寿，要与日月一样光耀四方，所以想要仿效仙人王侨腾云驾雾，乘坐红云飞升至空中。想象中的自己，几乎无所不能：登上昆仑山面朝北方，引来众多仙人拜望，从极盛的阴气中选出鬼神，随同自己一起登天门，入天

宫，继而又掉转车头，举起虹旗，向西方的玉门山行进，一时
驾着六龙车在三危山上奔驰，一时在九曲水滨召集西方的神
灵，一时横渡飞泉谷向南前行，穿越都广山，来到南方祝融神
的领地，一时到了炎火山和咸池，穿越混沌之气离开东方，将
六条神龙拴在扶桑树旁。

　　生命的状态这般自由、洒脱，天地日月也不过如此。当一
个人心怀宇宙、胸怀天下时，无论他的境遇有多狼狈，前途有
多晦暗，其心志亦堪比日月星辰，恒久耀目于历史的晴空之上。

信心满满，却壮志难酬

王逸《守志》节选

扬彗光兮为旗，秉电策兮为鞭。朝晨发兮鄢郢，食时至兮增泉。绕曲阿兮北次，造我车兮南端。谒玄黄兮纳贽①，崇忠贞兮弥坚。历九宫兮遍观，睹秘藏兮宝珍。就傅说②兮骑龙，与织女兮合婚。举天罼③兮掩邪，彀天弧④兮躲奸。随真人兮翱翔，食元气兮长存。望太微兮穆穆，睨三阶兮炳分。相辅政兮成化，建烈业兮垂勋。目瞥瞥兮西没，道遐迴兮阻叹。志稸积兮未通⑤，怅敞罔兮自怜。

乱曰：天庭明兮云霓藏，三光朗兮镜万方。斥蜥蝪兮进龟龙，策谋从兮翼机衡。配稷契兮恢唐功，嗟英俊兮未为双。

【注释】

①玄黄：天地之神。纳贽（zhì）：初次拜见长者时馈赠礼物。

②傅说（yuè）：殷王武丁贤相，传说死后为辰宿。

③天罼（bì）：即天毕星。

④彀（gòu）：拉满弓。天弧：星名。

⑤稸（xù）积：压抑。未通：没有实现。

　　屈原一生，从前半生的顺遂到后半生的坎坷，从位列三闾大夫至放逐江南，一直到他目睹楚国城破国亡，最终投水汨罗，他都坚持着自己最初的心志，始终不肯随众从俗，而他美政的理想，为国尽心、为民尽力的心愿，也自始至终都不曾实现。

　　既然坚守志向的结果不过是自我的毁灭，那么"守志"的意义何在？写过《楚辞章句》的王逸，对屈原其人、其事、其心，可谓熟悉入骨，用"守志"二字，当是为了得出一个他思索了终生的深刻答案：守志的目的和意义，其实就是它自身。

　　自他的身体淹没于滔滔江水的那一刻起，自他的生命消亡在那条永恒东去的逝水中始，他的未来便再无任何可能。时光湮灭一切，死亡抹去一切，然而历史留住了他撕心裂肺的呼喊，文学留住了他华美璀璨的词句，后人心底留下了他的清白节操、美好品质，以及再也来不及实现的美好理想。在屈原的时代过去之后，仍有许多人效仿他，写下抑扬顿挫、铺张扬厉的楚辞，仍有许多人祭奠他，追随他，继续为那个未曾成真的理想而努力，甚至不惜如他一般付出生命的代价。

　　这个理想是如此简单，不过就是消灭奸邪，整治佞人，继而"相辅政兮成化，建烈业兮垂勋"，辅佐君王育化万民，立下显赫功业和不朽功勋，可是它是如此艰难，让人看不到一点希望。

　　这理想其实还是天真的，纵观整个历史，所谓的盛衰兴亡，治世乱世，不过就是正邪力量之间的较量，此消则彼长，此强则彼弱。就像王逸笔下屈原这样的人，或许永远不会消

亡，而戕害了他的小人，未来也不可能灭绝。

现实充满了悖论和矛盾，那些荒谬的现象如牢笼，如高墙，坚不可摧，挡住那些脆弱的良善与敏感的操守。所以，坚持自我的屈原只能假想自己扬起彗星之光做旗帜，拿着闪电之鞭策马前行，雷厉风行，杀伐决断，高举恢恢天网消灭奸邪，拉满天弓射死小人。期待用天真的理想，洞穿那坚不可摧的现实，只因除此，他的理想，他的才华，并无用武之地。

他甚至设想天庭之上，政事清明，卑鄙的蜥蜴被斥退，贤德忠贞的龟龙受到重用，他们帮助天帝出谋划策，定国安邦，才智可与唐尧时期的贤臣稷契相比，当世的英雄贤人，无人可以与之匹敌。

而现实却是"目瞥瞥兮西没，道遐迴兮阻叹"，太阳西沉，夕阳无限好，只是近黄昏，时日已不多，前方道路却太过遥远，阻隔深重。人生刚刚启程时，尚是满怀壮志，信心满满，如今却壮志难酬，怅惘失意，自叹自怜。

卷七　愿你被这世界温柔相待

　　此生，经历过太多悲欢，品尝过太多痛苦，到头来也不过将一个华彩的梦做至绝望，那便将一切悲喜是非寄托于来世，愿来生只做一个简简单单的人，行走于陌上，欣欣然看这世界，冰封解冻，春暖花开。

人生转角处，从未有柳暗花明

王逸《哀岁》

旻天①兮清凉，玄气兮高朗。北风兮潦冽，草木兮苍唐。蚗蛚②兮嘤嘤，蝍蛆兮穰穰③。岁忽忽兮惟暮，余感时兮凄怆。伤俗兮泥浊，曚蔽兮不章。宝彼兮沙砾，捐此兮夜光。椒瑛兮涅污，菓耳④兮充房。摄衣兮缓带，操我兮墨阳。升车兮命仆，将驰兮四荒。下堂兮见虿⑤，出门兮触蜂。巷有兮蚰蜒⑥，邑多兮螳螂。睹斯兮嫉贼，心为兮切伤。

俛⑦念兮子胥，仰怜兮比干。投剑兮脱冕，龙屈兮蜿蟺⑧。潜藏兮山泽，匍匐兮丛攒。窥见兮溪涧，流水兮沄沄。鼋鼍⑨兮欣欣，鳣鲇兮延延。群行兮上下，骈罗兮列陈。自恨兮无友，特处兮茕茕。冬夜兮陶陶，雨雪兮冥冥。神光兮颎颎⑩，鬼火兮荧荧。修德兮困控，愁不聊兮遑生。忧纡兮郁郁，恶所兮写情。

【注释】

①旻（mín）天：秋天。

②蚗蛚（yì jué）：蝉的一种。

③蝍蛆（jí jū）：蜈蚣。穰穰（rǎng）：众多。

④菓（xǐ）耳：即苍耳。这里比喻奸佞小人。

⑤虿（chài）：蝎子一类的毒虫。

⑥蚰蜒（yóu yán）：虫名，生活在阴湿的地方。

⑦俛（fǔ）：同"俯"，低头。

⑧蜿蟺（zhuān）：屈曲的样子。

⑨鼋（yuán）：大鳖。鼍（tuó）：鳄鱼的一种。

⑩颎颎（jiǒng）：同"炯炯"，光明的样子。

　　骚人词客，往往少时为赋新词强说愁，有了风霜，笔下就有了沧桑和愤郁，有了爱情，文字里就溢出了甜美与哀愁，到老了，便圆融了一切，平和了一切，因而不再动辄高歌，只是浅吟低唱，将此生的悲欢离合化成了清澈的水，将人生的严冬穿越成春暖花开。

　　屈原却不是如此。他从未圆融平和过，也从未粉饰过生命，人生的严冬就是严冬，不必春暖花开，不必假装得到宽慰。直到生命最后，他都保持着斗士的心态，时刻准备着与这个丑恶的世界开战。他的投水之举，亦是甩给这世界的一记耳光：你自去揽着你的黑暗和混乱赴一条死路，我也拥着我永不妥协的振兴家国的梦想赴一条死路，谁也不知道哪一条路更好走。

　　而历史证明了，前一条路不过重复着兴亡盛衰，此起彼伏地在时间的长河里挽起一些水花，继而湮灭；后一条路却走出了璀璨的光彩，让一个铮铮傲骨的诗人在时光的打磨下成了珍宝，此后千万世都未曾褪色。

　　至少，在王逸的时代，屈原确是披着满身光芒，屹立于所有志士忠良的心目之中。这首《哀岁》，当是王逸为屈原暮年吟唱的哀歌。他设想屈原独自一人在流放地度过漫长时日，必是见春日伤感，见秋日悲愁，季候的任何变化都能牵

扯出他心中愁思。北风萧萧，草木凋萎之际，最易令他感受到
人生寒冬的煎熬。他看到眼前的世界一片混乱，人心不辨黑
白，沙子碎石成了珍宝，夜明宝珠却被随意丢弃，香木美玉掉
在污泥里，浑身是刺的苍耳却充满房室。待他整理衣冠，手
持宝剑，打算避开丑陋现实，驾车驰往荒原之地，出门却遇
毒蝎、毒蜂，举目四顾，巷子里爬满蚰蜒，城里布满螳螂。

　　此情此景，让他愤而掷剑在地，将头上冠冕摔下，无限
凄苦地怀想起当年含冤而死的伍子胥、比干。流放生涯无疑是
他生命里最寒冷的季节，冬夜雨雪纷飞，昏暗幽冥，这样漫长
难熬，而他只有孤苦伶仃的一个人，身边没有知己，遥远的地
方无人挂念。

　　自流放以来，屈原始终就这样悲苦地过着眼前的人生，他
之所以没有崩溃，是因为还怀着微小的希望，希望人生的出路
就在下一个路口。可是，时间不曾等他寻觅到希望之光，便让
他在同一种境遇和心境的重复中走到了绝望的尽头。他一直怀
抱着"总有一天"式的理想，像个童话中的主人公，期盼奇迹
的发生，现实却无声击碎他的梦愿。

　　人生转角处，其实从未有过柳暗花明。而人生的严冬，
也从来都是肃杀绝望，一经走入幽冥的黑暗，不会再有峰回
路转。

欣欣然看这世界

屈原《惜往日》节选

惜往日之曾信兮，受命诏以昭诗。奉先功以照下兮，明法度之嫌疑。国富强而法立兮，属①贞臣而日娭。秘密②事之载心兮，虽过失犹弗治。心纯庬而不泄③兮，遭谗人而嫉之。君含怒而待臣兮，不清澈其然否。蔽晦君之聪明兮，虚惑误又以欺。弗参验以考实兮，远迁臣而弗思。信谗谀之溷浊兮，盛气志而过之。何贞臣之无罪兮，被离谤而见尤。惭光景④之诚信兮，身幽隐而备之。

临沅湘之玄渊兮，遂自忍而沉流？卒没身而绝名兮，惜壅君⑤之不昭。君无度而弗察兮，使芳草为薮幽⑥。焉舒情而抽信兮，恬死亡而不聊。独鄣壅而蔽隐兮，使贞臣为无由。

【注释】

①属（zhǔ）：托付。

②秘密：即"黾勉"，勤勉。

③庬（máng）：敦厚。不泄：出言谨慎。

④景：同"影"，影子。

⑤壅（yōng）君：被蒙蔽的君主。

⑥薮（sǒu）幽：水泽幽暗的地方。

在《怀沙》中倾诉临死之殇以后，屈原终于写下了这首绝命词——《惜往日》。

这是他此生留下的最后绝笔。在生命的尽头，他回望自己漫长而多舛的一生，心中已没有恨，也不再有太多执着渴盼，唯有满怀的痛惜。"惜往日"三字，当可概括他下定决心赴江而亡时的全部心境。忆及往日，痛惜往日，因往日而感到哀伤，如此而已。

往日的岁月里，有他所有的骄傲。那时，君王有富国强国、励精图治之心，而他在君王身侧，"入则与王图议国事，以出号令；出则接遇宾客，应对诸侯，王甚任之"（司马迁《史记·屈原列传》），君臣一心，楚国上下生机勃勃，一切尚好，还尚未崩坏。

可惜好景不长，而这短暂如白驹过隙的好景，让屈原在此后的凄苦年岁里，隔着再也跨不过去的时间的沧海，止不住地怀念。彼时，他专心于国事，日夜辛劳，就算有了过失，君王也能宽容，并不治罪，可是到后来，君王听信小人谗言，不辨真假，竟将一无过错的忠臣远远放逐，往昔与今朝，怎堪比照？

过去已回不去，屈原却一遍又一遍地在回忆里重温。他身在放逐地，生命好比掉入幽深的枯井，伸出手去，也触不到只在过去闪耀的光。唯有头顶的日月，恒久明亮温暖，让所有人都蒙受光辉。命运乖蹇，将他所有的挣扎都逼向徒劳。他想，就这样吧，就这样走近沅湘，自沉江流，名声磨灭也无所谓，他只愿安静地死亡，与这个可笑又可憎的世界画下决然的界线，将昏庸的、再也无法接近的君王和他行将就木的国家都抛在身后，从此彼此再无挂碍，亦再无惊动。

　　世事一场大梦，人间几度秋凉。决心"恬死亡而不聊"的屈原，看到他深爱的家国已然倾塌，而楚地的山水依旧永恒。他站在这亘古的江流之畔，心中不知是否有了顿悟。或许，他也曾为自己许下良愿：此生，经历过太多悲欢，品尝过太多痛苦，到头来也不过将一个华彩的梦做至绝望，那便将一切悲喜是非寄托于来世，愿来生只做一个简简单单的人，行走于陌上，欣欣然看这世界，冰封解冻，春暖花开。

憔悴的行吟者和流浪者
刘向《远逝》节选

　　惜往事之不合兮，横汨罗而下沥。龙隆波而南渡兮，逐江湘之顺流。赴阳侯之潢洋兮，下石濑而登洲。陵魁堆以蔽视兮，云冥冥而暗前。山峻高以无垠兮，遂曾闳①而迫身。雪雰雰②而薄木兮，云霏霏而陨集。阜隘狭而幽险兮，石嵾嵯以翳③日。悲故乡而发忿兮，去余邦之弥久。背龙门而入河兮，登大坟而望夏首。横舟航而济湘兮，耳聊啾而慌慌。波淫淫而周流兮，鸿溶溢而滔荡。路曼曼其无端兮，周容容而无识。引日月以指极兮，少须臾而释思。水波远以冥冥兮，眇不睹其东西。顺风波以南北兮，雾宵晦以纷纷。日杳杳以西颓兮，路长远而窘迫。欲酌醴以娱忧兮，蹇骚骚而不释。

【注释】

　　①曾闳（hóng）：高大。

　　②雰雰（fēn）：纷纷飘落的样子。

　　③嵾嵯：同"参差"，不齐。翳（yì）：遮蔽。

　　在源远流长的国文化里，酒注定是绕不过去的符号和情结。它们是诗仙李白绣口一吐，便是半个盛唐的底气；是竹林七贤清谈时必不可少的辅佐；是世人逃避难堪现实的一个去处；是迢迢流光里忘却人生苦短的理由。曹操"对酒当歌，人生几何"的慷慨情怀，太平宰相晏殊"暮去朝来即老，人生不饮何为"的无酒不欢的风流，苏轼"身后名轻，但觉一杯之重"的美酒情结，辛弃疾"醉里挑灯看剑"的酒风侠气，无不令人心折。

酒像是万能灵药，可以解忧，可以浇心中块垒，可以醉里贪欢。得意时可借酒尽欢，落魄时可一醉解千愁，豪情满怀时可借酒助兴，郁郁寡欢时也可借酒相忘，狂欢时可借酒让快意得以持久，孤独时可借景让时光的残忍和绝望不至于无孔不入。

就连屈原，这个似乎与酒无缘的人，也在刘向笔下有了"欲酌醴以娱忧"的心愿。

他一直都是清醒再清醒的，在一个举世皆浊、众人皆醉的世界里，知晓自己的位置，知晓自己要过一场怎样的无悔人生。可是，一个人清醒太久了，精神会崩坏，尤其是在一个丑恶得令人绝望的世界里，在一场荒谬得让人难堪的命运里，清醒更是毒药。

生命的悲伤，简直无可解说，他与国君政见不合，又无法迁就国君的错误看法，坚持自我的代价便是流放。他沿着汨罗江随水流飘荡，穿过急流登上岛屿，在巍峨高山间徘徊，在险峻的峡谷间彷徨，看大雪年复一年，望乌云聚了又散，才知自己离开故国已经许多年。这一条道路漫长得没有尽头，他路过日月星辰，路过流水大漠，途经风浪、大雾，看到太阳已向晚，如他梦一般的人生，而这场梦就快要醒了。

那些已经失去的东西，已然不可挽回，那就不再去挽回，不如只去抓住眼下的时光，在生命的尽头放纵一把，将所有的愁情倾倒进酒樽之中，不再去理会尘世污浊。喝一杯酒，其实是喝下心结解药。浊酒一杯，足以抚慰坚强太久的心，足以容纳苟且退却，脆弱怯懦，浸润那些来不及化解和消融的生命的悲哀。

这个憔悴的行吟者和流浪者，或许是清醒了太久，到了此时，他忽然什么都不愿再想，只想沉入醉乡，今朝有酒今朝醉，明朝再管明朝事，且与天地山河对饮，饮了手中这一觞，穿透生命的悲伤。

生已无欢的人生路

东方朔《怨世》节选

　　小人之居势兮，视忠正之何若？改前圣之法度兮，喜嗫嚅^①而妄作。亲谗谀而疏贤圣兮，讼谓闾娵^②为丑恶。愉近习而蔽远兮，孰知察其黑白？卒不得效其心容兮，安眇眇而无所归薄。专精爽以自明兮，晦冥冥而壅蔽。年既已过太半兮，然坮坷^③而留滞。欲高飞而远集兮，恐离罔而灭败。独冤抑而无极兮，伤精神而寿夭。皇天既不纯命兮，余生终无所依。愿自沉于江流兮，绝横流而径逝。宁为江海之泥涂兮，安能久见此浊世？

【注释】

　　①嗫嚅（niè rú）：吞吞吐吐。

　　②讼：喧哗。闾娵（jū）：古代美女名。

　　③坮（kǎn）坷：即"坎坷"，不顺利。

　　自屈原遭逐以来，他的人生便再也没有欢乐可言。他的容颜里常含悲苦，眼神里总有忧愁，心中装满了愤恨，灵魂里布满孤独。只因这个世界太过强横，不肯倾听一个落魄之人的苦楚，还因为他无法以一己之力挽救国运和自己的命运，那

些他曾为之付出一切的人事，此后与他再无干系，他忧心如焚，却不能伸出手去做些什么。

不是没有想过，索性离开这个无望的国家，无望的时代，眼不见心不烦，从此一个人活着，无牵无挂，如路旁的草，山涧的花，生长，绽放，然后湮灭，不必强加诸般意义，生命也自有它安静的喜悦。

可是，他终究割舍不下。若以流放之身离开楚国，便会触犯法纪，甚至会牵扯上叛国之嫌，于声誉有损，于性命有害，更紧要的是，若他就此放弃了那细如微末的希望，此后等待着他的，就真的只有暗无天日的未来了。况且，他何曾放得下楚国，尽管这个偌大的国家只供养了一批自私自利的贵族，反抗不了强国入侵，庇护不了黎民百姓，留不住贤者、忠臣，但终究还是生他养他、成就了他的国家。设想如有一日，这个国家毁灭了，至少他还能保留清白忠贞之躯，追随它而去。

　　欲离开，又怕触犯法律，想保全性命，又实在忍受不了这混乱不堪、丑恶不堪的世道；欲抛弃家国，心有不忍，想留下，又不知前路该如何走下去；欲放下一切，心中却唯有悲苦。想要解脱这悲苦，却又担心自己除了这份苦，一无所有——屈原心中种种复杂心绪，东方朔竟能信手拈来，可见他自己也尝过这种左右为难、进退不是的滋味。

　　最后，屈原也只能默然走在这条生已无欢的人生路上，看路旁风景凋萎，世道昏暗污浊，前途一片迷茫。知晓人生已坎坎坷坷过了大半，时日只是虚度，而上天又是如此的反复无常，没有公理，自己的一腔志向恐怕已没有实现的可能。那么多无法言说、辩解的冤屈压在他身上，他想，自己大概会因精神极度压抑而过早夭亡，若果真如此也好，好过白发苍苍、如风中残烛之时，仍要忧心于自己老无所依、无处容身。

许一个哀伤苍凉的愿
刘向《愍命》节选

昔皇考之嘉志兮，喜登能而亮贤。情纯洁而罔芴^①兮，姿盛质而无愆。放佞人与谄谀兮，斥谗夫与便嬖^②。亲忠正之悃^③诚兮，招贞良与明智。心溶溶其不可量兮，情澹澹其若渊。回邪辟而不能入兮，诚愿藏而不可迁。逐下袟^④于后堂兮，迎宓妃于伊雒。刜谗贼于中霤^⑤兮，选吕管于榛薄。丛林之下无怨士兮，江河之畔无隐夫。三苗之徒以放逐兮，伊皋之伦以充庐。

【注释】

①罔芴（huì）：不肮脏。

②便嬖（bì）：君主左右受宠幸的小臣。

③悃（kǔn）：诚恳。

④下袟（zhì）：宫中等级不高的姬妾宫人。

⑤刜（fú）：击。中霤（liù）：室的中央。

人的一生，好比在走一个圆圈，最终总要追寻来时的足迹，回到原点。屈原走在人生的末路上时，曾动过无数次走另一条岔路离开的念头，而终于还是没有离开，只因他的魂灵所系，唯有自己最初的来处。

少时经历过的美好，那些遗失在时光暗影中的美好，早已成为此生最耀眼的回忆，高悬于难堪的现实之上，像救赎一样，熠熠生辉。他不由自主地就想要花费一生去寻找，甚至不惜用生命去弥补和成全。那些从未实现的梦想，深爱过的人与事，在漫长岁月中烧成灰烬的渴盼，始终左右着他的选择，让他往不可更改的方向迈步。

在国都之外流浪时，屈原或许以为自己已经走得太远，远到偏离了最初的起点，实则他一直在原地绕圈，一直都在吟唱同一支悲歌。刘向在《愍命》中所描绘的那一副政清人和的画面，便是屈原再单纯不过的渴慕。

昔日太祖性情纯净，才能出众，且有美好志向，能够举贤授能，放逐奸佞和谄媚的小人，斥退进谗者和邀宠的近臣，亲近忠心诚恳的贤者，招纳端正明智的忠臣。身为君王，他心胸宽广，简直到了无法测量的地步，性情恬静如深渊，真心不动不移，奸邪之辈根本无法侵入。他明辨是非忠奸，执政清明，山野间没有怨恨的高士，江河边没有隐居的贤人。

便是这样简单的良愿，让他渴慕了一生一世也不可得。那些遗失在历史指缝之间的美好之世，终究不能重现。一如他的人生，只能在时光的催逼下不断向前，无法回到任何一段过往，重温旧时安好无忧的滋味。所以，他也只能唱一支歌，盼一片景，许一个哀伤苍凉的愿，走向命定的终点，用生命殉祭他那从未断绝的对美好的痴望和留恋。

万物蓬勃之际，是谁一径枯萎凋敝

王逸《伤时》节选

惟昊天兮昭灵，阳气发兮清明。风习习兮龢煖^①，百草萌兮华荣。堇荼茂兮扶疏，蘅芷凋兮莹娱^②。愍贞良兮遇害，将夭折兮碎糜。时混混兮浇馈^③，哀当世兮莫知。览往昔兮俊彦，亦诎辱兮系累^④。管束缚兮桎梏，百贸易兮傅卖^⑤。遭桓缪^⑥兮识举，才德用兮列施。

【注释】

①龢煖（hé nuǎn）：犹"温暖"。

②莹娱（míng）：枯萎凋落的样子。

③浇馈（zàn）：以羹浇饭，比喻浊乱。

④诎（qū）辱：委屈和耻辱。系累：束缚。

⑤百：百里奚，秦穆公时的贤臣。贸（mào）易：变易。傅卖：转而自卖。

⑥桓缪（mù）：春秋五霸中齐桓公和秦缪公的并称。缪，通"穆"。

春天应是楚国大地上最美丽的季节。与江南柔媚温婉、烟雨蒙蒙的春日不同，楚地定是没有江南那种天水氤氲的秀色，烟柳画屏的繁盛，和风絮语的迷离，它该是更蓬勃、更汪洋、更辽阔壮美的那一种。春日降临，天更加湛蓝，风更加和暖，苍茫的江水一泻千里，山间泽畔，草木回春，生长得肆无忌惮，仿佛能听到万物孼里啪啦拔节生长的声音，闻得到植物、泥土和阳光蒸腾出来的芬芳味道。

吹面不寒杨柳风，东风的和煦如爱人纤柔的手指，轻抚着饱经冬寒之苦的人们。困守了一冬的人终于可以走出无聊暖房，走马旷野，软踏柔嫩芳草，倾听双燕呢喃，嬉戏斗草于采桑的小路，在风暖日和的大好美景中畅游，吐一吐胸中浊气。

可是，在这万物蓬勃之际，却有人如枯草般枯萎凋敝。不是在极盛时有了衰败的预感，不是叹恨这眼前的美景终有一日会消逝，不是哀伤于春尽后的凋残与狼狈，而是站在良辰好景面前，无心欣赏赞叹。因他心中还残留着刚刚过去的冬日，还记着冬日的肃杀气氛，记得天地间万物凋伤枯萎的情景，也因他心有戚戚焉，恨世道的肃杀并不随着春日的到来而结束。

这世间，仍是一个冰封的寒冬。堇菜、苦菜疯狂生长，枝繁叶茂，芬芳的杜衡、白芷却凋谢残败，好比小人得志，

贤良之士却遭受祸患。"将夭折兮碎糜",王逸这句话说得极重,让人读了悚然而惊。不仅是夭折,而且身躯碎烂,世道浇漓至此,实在已没有丝毫希望,难怪他会在这温暖的春日伤时伤心,感受到彻骨的冷。

伤春的诗人想到自己在这芸芸世间无一知己,想到历史上的杰出贤才,都遭遇到屈辱的困境,心境自然冰冷。这身外的温煦天气,仿佛一种虚假的安慰,根本无法抚慰一颗凋敝的心。他并不关心春日盛景将来会如何轰然而逝,他只关心这世界何时能走出严冬的寒冷,抵达灿烂的春日明媚。

站在苍老的彼岸

王逸《悯上》节选

逡巡兮圃薮，率彼兮畛陌。川谷兮渊渊，山阜兮峇峇[1]。丛林兮崟崟[2]，株榛兮岳岳。霜雪兮漼皑[3]，冰冻兮洛泽。东西兮南北，罔所兮归薄。庇荫兮枯树，匍匐兮岩石。蜷踀兮寒局数[4]，独处兮志不申，年齿尽兮命迫促。魁垒挤摧兮常困辱，含忧强老兮愁无乐。须发苧悴兮颡[5]鬓白，思灵泽兮一膏沐。怀兰英兮把琼若，待天明兮立踯躅。云蒙蒙兮电倏烁，孤雌惊兮鸣呴呴[6]。思怫郁兮肝切剥，忿悁悒[7]兮孰诉告？

【注释】

①阜（fù）：即"阜"，土山。峇峇（è）：山势高大的样子。

②崟崟（yín）：繁盛的样子。

③漼皑（cuī ái）：霜雪积聚的样子。

④蜷踀（quán jú）：局促。局数（cù）：局促。

⑤苧（níng）：散乱。颡（piǎo）：头发斑白。

⑥呴呴（gòu）：野鸡鸣叫声。

⑦悁悒（yuān yì）：忧郁。

在后人的印象中，屈原一直都是那个站在湘沅之畔，衣

袂飘飘，身佩香草，低吟高歌的诗人，永远年轻，永远热烈激昂。即便他在《渔父》中说自己"形容憔悴，颜色枯槁"，也改变不了他在世人心目中那洁白高贵的形象。

王逸在下笔写屈原的晚年时，大概也有过疑惑。在临死之前，屈原分明已经苍老了，可是，在他跳进汨罗江中结束生命之前，他也仿佛从来都不曾衰老。尽管他总说精神上的折磨会令自己早衰夭折，寿命不永，但身为忠臣的屈原和作为诗人的他，从来都是那个愤世嫉俗的爱国臣民，是那个坚持着天真理想，坚持保持最初的自己，坚持在人情世故之外活着的男子。世事变迁了多少年，而他一直在那里，一直都是那样纯挚，不圆滑，不妥协，不媚俗，未曾有丝毫改变。就算他不再有锦衣华服，他的心也一样清澈透亮，沾染不了世俗的污浊。

可是，或许自他遭流放的那一日起，他就已经老了。此前的生命，是昂扬，是自信，是向前的激情，而此后的生命，却只剩下回忆，只有愤恨、孤独、悲愁，再没有未来可言。一个人若连未来都没有了，便已踏入暮年了。

流放生涯里，他常常独自逗留在山间泽畔，在小路上徘徊，在丛林里彷徨，沉默地看着一年年霜雪积聚，水面冰冻，时常东西南北茫然四顾，不知归程何处。在这样漫长得没有尽头的日子里，他唯一能做的便是回望过去。

他看到过往的路变得格外长，经历过的艰辛，遭遇过的痛苦，清晰毕现，那些印记刻在心上，好似永远不会消失，而已经流逝的时光却会变得触目惊心。他不知道从什么时候开始，时光竟能瞒天过海，悄无声息地汩汩流淌而过，等他回过神来，此生已如即将漏尽的沙漏，却不能如沙漏般，倒转过来，重新再活一次。

屈原身未至暮年，心却早早地站立在苍老的彼岸，形销骨立。生命的衰老，原来并不一定是身体的衰老，而是不可回避、不堪言说的现实，是心底看不见、摸不着的滋味。

在悲愁哀痛的境遇里挣扎

王逸《逢尤》节选

悲兮愁，哀兮忧。天生我兮当闇时，被诼谮兮虚①获尤。心烦愦兮意无聊，严载驾兮出戏游。

周八极兮历九州，求轩辕兮索重华。世既卓兮远眇眇，握佩玖兮中路蹜。羡咎繇兮建典谟②，懿风后兮受瑞图。愍余命兮遭六极，委玉质兮于泥涂。遽偟遑③兮驱林泽，步屏营兮行丘阿④。车轫折兮马虺颓⑤，惷怅⑥立兮涕滂沱。

【注释】

①诼谮（zhuó zèn）：造谣诬陷。虚：平白无故地。

②咎繇：即"皋陶"，舜臣，掌刑狱。典谟（mó）：指大经大法。

③偟遑（zhāng huáng）：惊慌失措的样子。

④屏营（bīng yíng）：惶恐。丘阿：山丘的僻静处。

⑤轫（yuè）：古代车辕与横木相连接的关键。虺（huī）颓：疲病。

⑥惷（chōng）怅：惆怅失意的样子。

劫数本是宗教里头的说法，比如，在佛教教义中，劫数包括"成、住、坏、空"四劫，坏劫时会有水灾、风灾和火灾出现，甚至导致世界毁灭，对这个世界而言，这便是"劫数难逃"。而人生的劫数，却没有这样清晰明了，那些命中注定的厄运和灾难，痛苦和悲愁，它们在到来之前，总是藏身在如恒河沙数般的时光片段里，影影绰绰的，让人辨不分明。

至少于屈原而言是如此。当局者迷，身在局中的屈原看自己的人生和命运，或许尚觉心惊，尚有迷惑，而生于数百年后的王逸，却是旁观者清，心如明镜。屈原在被君主抛弃、放逐之前，纵然他有预感，也总还为自己留存了一丝希望，所以在最终的结局到来之时，他仍是措手不及，仓皇慌乱。而王逸看向过去，却早早知晓那是屈原命里避不开的劫数。

他知道屈原一直以为只要付出就有回报，以为若在黑暗里坚持寻找光明，终有一天光明就会降临，以为自己深爱的一切，永远不会背弃，不会损毁。或许，谁都这般天真过，总要等到灾难变成坚不可摧的现实，才会承认命运翻手为云覆手为雨，没有人是它的对手。

"天生我兮当阘时"，天生他于这昏暗的世道之中，从一开始他就已经输了，从一开始就不可能避开这场灾祸，这于屈原，真是痛彻心扉的领悟。世道是如此浑浊混乱，屈原却偏偏性洁志高，与之格格不入，若是在轩辕黄帝的时代或者明君尧舜的时代也就罢了，他生在乱世，却想要逆世而行，当然会遭遇不一般的祸患。

若他肯妥协一二，他的人生必定会发生翻天覆地的变化。可惜，他可以对时光妥协，对命运的无常妥协，却绝不会对名利、权势、奸佞小人有半分妥协。他要的是太平治世，便不可

让美政的理想受半分摧折；他要的是干净坦荡，哪怕生活在污泥里，身上心里，也不可掺杂一丝污浊。

在顺遂的境遇里、优裕的生活里坚持理想尚算容易，但是，在难堪的境遇下，在渴求理想而不得的现实里，全然拒绝妥协和屈服，该是怎样艰难。而对屈原来讲，这样的选择只是必然罢了。从他祖先那一支系起，高贵的血脉便代代流传，而他的一生，早就注定要为身体里的血脉而活，至少，他不能玷污了它。

他只能这样活，所以他只能是屈原，他避不开命里的劫，而他的晚年，也就注定了只能在悲愁哀痛的境遇里挣扎，无人可依。

卷八　故国不堪回首月明中

若故国已死，那就与它一同赴死。毕竟
那是他最深爱的地方，就算有一天毁灭了，
也仍然是他的根。

战死疆场，也誓死不悔

屈原《国殇》

操吴戈兮披犀甲，车错毂兮短兵接。旌蔽日兮敌若云，矢交坠兮士争先。凌余阵兮躐余行①，左骖殪②兮右刃伤。霾两轮兮絷③四马，援玉枹兮击鸣鼓。天时坠兮威灵怒，严杀尽兮弃原野。

出不入兮往不反，平原忽兮路超远。带长剑兮挟秦弓，首身离兮心不惩。诚既勇兮又以武，终刚强兮不可凌。身既死兮神以灵，子魂魄兮为鬼雄。

【注释】

①躐（liè）：践踏。行（háng）：军队的行列。

②骖（cān）：古时用四匹战马牵一辆战车，左右两旁的马叫骖。殪（yì）：死亡。

③絷（zhí）：用绳子拴住（马足）。

楚地草木莽莽，江河滔滔，天地之间有一种蓬勃充沛的生命力，又因是南国，阳光温柔，气候和暖，花树盛放，水泽蜿蜒，自有一股旖旎柔媚的气质。与金戈铁马、豪气干云的秦地相较，着实是纤弱了些，然而在战场之上，楚地男儿也自有他们的骄傲，这骄傲是将家国安危系于己身的骄傲，亦是保卫深爱之人的骄傲：金戈铁马，保全万里江山，是为了托起家园的和平；披荆斩棘，拯救国仇家难，只为早些与梦中人团聚——这骄傲足以让这些生于南国、长于南国的男子褪去畏死之心，爆发出惊人的力量。

人生短暂，如同晨曦中的一滴露珠，在第一道阳光的温暖下，就会转瞬消逝。生于乱世，这条命就更是轻贱，不知何时就会埋没于无名之地。乱世中人往往也将生死看得淡了。听鼓角争鸣，望烽火边城，策马扬鞭，一骑绝尘，青春的渴慕与热盼都是战死沙场，报答家国双重恩。谁不知道远赴战场既辛苦又危险呢，但是保家卫国是每一个男人责无旁贷的使命，纵然战死疆场，留下一堆白骨，也誓死不悔。

至少在楚国，那些战死沙场、为国捐躯的将士的亡灵，会得到最好的缅怀和礼赞。屈原为他们写下《国殇》时，必是怀着最大的敬意和最饱满激昂的感情来祭奠他们的在天之灵。

自怀王当政以来，楚国与强大的秦国有过多次战争，大多都是楚国抵御秦军入侵的卫国战争，所以战死的将士大部分都是为保家卫国而死。面对强秦的虎狼之师，这些楚国的将士拿出了最大的勇气和胆魄，在以寡敌众、以弱抗强的战争中，始终士气昂扬，与对手殊死搏斗。他们便是这样用鲜血、生命，一次次守卫了国土，保护了身后的国民。

屈原想到他们自加入军队，披上战甲的那一日起，便再也不能全身而退，想到最终他们手握兵器，安静地躺在杀气散尽的荒野之上，简直不能抑制心中热烈激昂的感情，他忍

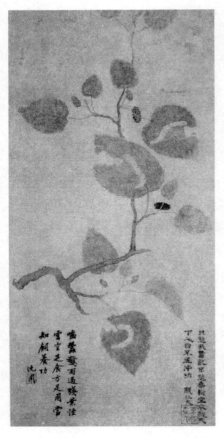

不住要用最美好的事物来修饰他们：他们拿着吴地出产的最锋利的戈矛，秦地出产的最强劲的弓箭，披着犀牛皮制成的盔甲，握着有美玉嵌饰的鼓槌；同时他还将最好的形容词给了他们："身离兮心不惩"，"诚既勇兮又以武"，"终刚强兮不可凌"，"子魂魄兮为鬼雄"，他们即使身首分离也无所畏惧，他们英勇果敢、武艺超凡，永远刚强，不可凌犯，生时是人杰，死后亦为鬼雄。

回到自己生命的起点处

东方朔《自悲》节选

居愁勤①其谁告兮，独永思而忧悲。内自省而不惭兮，操愈坚而不衰。隐三年而无决兮，岁忽忽其若颓。怜余身不足以卒意兮，冀一见而复归。哀人事之不幸兮，属天命而委之咸池②。身被疾而不闲兮，心沸热其若汤。冰炭不可以相并兮，吾固知乎命之不长。哀独苦死之无乐兮，惜予年之未央。悲不反余之所居兮，恨离予之故乡。鸟兽惊而失群兮，犹高飞而哀鸣。狐死必首丘兮，夫人孰能不反其真情？故人疏而日忘兮，新人近而俞③好。莫能行于杳冥兮，孰能施于无报？

【注释】

①愁勤（qín）：愁苦抑郁。

②咸池：天神。

③新人：指得势之人。俞：通"愈"，更加。

当杜甫于战乱里思念舍弟时，故乡是白露为霜夜未央，亦是世间最圆满的那一轮月，还是关乎生死的一抹阴郁和绝望：他不知道在人生的哪一个季节，原本亲密的人会突然离散，从此天涯两相隔，江湖两相忘，也不知道在不远的将

来，家国是否会沦丧，亲朋何时会凋零。

当李煜悲吟国破家亡时，故国却是别时容易见时难，是流水落花，天上人间。当年他仓皇辞庙时，教坊仍奏别离歌，堂堂一国之君，垂泪对宫娥。四十年来家国，三千里路山河，已归为臣虏之时，尽数灰飞烟灭，从此他唯有歌不完的悲哀，流不完的清泪，叹不完的愁恨，而他遥望了无数遍的故土却成了遍寻不着的、再也回不去的梦境。

归去是极容易的事，无非是翻越几座山、跋涉几条河。可是，总有那么多人，或耽搁在仕途功名上，或沉溺于命运的关节处，或走不出那一道由时光、兴亡、心结构筑的围城，无法跋山涉水回到故地。

东方朔最初走进朝堂，也是为实现抱负，可惜这一条理想之路走得越来越艰难。他是欲求青云之志而不得，欲退回原地又不舍，结果只好在郁郁的遭际中蹉跎了此生最好的年华。他写《自悲》，是为回不去的屈原而悲伤，亦是为永恒失落了华年的自己而哀痛。

对离开国都已数年的屈原而言，故土自是可望不可即的念想。即便律法不允许他私自离开流放地，但若真的下了决心，他也能回去。可是回去又如何？又有何处可以立足？东方朔看他的后半生，当是，满心的荒诞感受，这位名扬万世的大诗人，生前却被关进了一个永远解脱不了的怪圈：想回去，却不能回去；想要为国效力，偏偏谁都不许他效力；他至死都想寻回原来的安身立命之地，却至死也未寻回；他心念故地，偏偏他的故地在他无从触及的时空里，无可挽回地走向衰败和灭亡。

　　种种悲剧，诸般不幸，折磨着他，如沸水般煎熬着他，让他五内俱焚，难怪他要将这多舛多艰的命运归咎于上苍。倘若不是苍天的过错，那么是谁造就了他的悲剧命运？君王吗？进谗的小人？或是他自己？放逐后的屈原，定是有过无数次反思，反思过后，他终于明白，自己行事光明磊落，操守坚定清白，做任何事都问心无愧，可昭日月，错的是这个以黑为白的世界。

　　但是，最令人悲伤的，不是远离君王，旧臣被日渐遗忘的事实，也不是岁月无情流逝，年华逐渐老去，寿命不永，且至死都将孤独无乐的预想，而是远远离开了故乡，从此不能返回故居的蚀骨的遗憾。

　　这样的遗憾，东方朔自是感同身受。所以他写："鸟兽惊而失群兮，犹高飞而哀鸣。"鸟兽总会归巢，谁不想叶落归根？偏偏屈原不能，他东方朔也不能。那一片望之不及、思之不尽的故土，已化作一个关于归程与终点的象征符号：他们都终有一日要回到自己生命的起点，为一生的旅程画下句点。

若故国已死，就一同赴死

屈原《哀郢》

皇天之不纯命兮，何百姓之震愆？民离散而相失兮，方仲春而东迁。去故乡而就远兮，遵江夏以流亡。出国门而轸怀兮，甲之晁吾以行。

发郢都而去闾兮，荒忽其焉极？楫齐扬以容与兮，哀见君而不再得。望长楸而太息兮，涕淫淫其若霰。过夏首而西浮兮，顾龙门而不见。心婵媛而伤怀兮，眇不知其所蹠。顺风波以从流兮，焉洋洋而为客。凌阳侯之氾滥兮，忽翱翔之焉薄。心绲结而不解兮，思蹇产而不释。将运舟而下浮兮，上洞庭而下江。去终古之所居兮，今逍遥而来东。羌灵魂之欲归兮，何须臾而忘反。背夏浦而西思兮，哀故都之日远。登大坟以远望兮，聊以舒吾忧心。哀州土之平乐兮，悲江介之遗风。当陵阳之焉至兮，淼南渡之焉如？曾不知夏之为丘兮，孰两东门之可芜？

心不怡之长久兮，忧与愁其相接。惟郢路之辽远兮，江与夏之不可涉。忽若不信兮，至今九年而不复。惨郁郁而不通兮，蹇侘傺而含戚。外承欢之汋约①兮，谌荏弱②而难持。忠湛湛而愿进兮，妒被离而鄣之。尧舜之抗行兮，瞭杳杳而薄天。众谗人之嫉妒兮，被以不慈之伪名。憎愠怆③之修美兮，好夫人之慷慨④。众蹀躞⑤而日进兮，美超远而逾迈。

乱曰：曼余目以流观兮，冀壹反之何时？鸟飞反故乡兮，狐死必首丘。信非吾罪而弃逐兮，何日夜而忘之？

【注释】

①汋（chuò）约：本义指姿态优美的样子，此处形容小人谄媚的样子。

②谌（chén）：确实。茌（rěn）弱：软弱。

③愠忳（yùn lǔn）：怨思蓄积于心的样子。

④夫（fú）人：此处指小人。慷（kāng）慨：形容情绪激昂奋发的样子。

⑤蹀躞（qiè dié）：行走的样子。

屈原第一次遭逐，是怀王在位之时。后来怀王客死秦国，顷襄王登位，令尹子兰进献谗言，致使屈原被放江南之野。恰在此时，秦国攻楚，楚军大败，损失兵将五万，城十五座。秦军更沿汉水而下，直逼郢都。因此，屈原踏上放逐之路时，恰与向东流徙的流亡百姓相遇。

当时，滔滔汉水之畔，人流拥挤如潮，哭声直上云霄，那慌乱、仓皇的氛围，悲惨的画面，太过夺人心魂，以至于他在九年后写下一曲关于故国的哀歌时，仍铭记于五内，未曾忘却分毫。《哀郢》开篇便仰天而问："皇天之不纯命兮，何百姓之震愆？"老天啊，你为何变化无常，使百姓流离失所？

人在痛苦至极时，常将发泄矛头指向天地，呼天抢地，其

实已是无言之言。屈原心底何尝不知，真正有过错的并非皇天，而是狼子野心的秦国，以及外强中干、积重难返的楚国，可是，他既无力改变现实，又目睹了这般残酷的现实，便只好诉诸皇天，盼着郁积于心的痛楚能够稍减几分。

郢都受到秦军威胁之时，深爱家国的屈原却因为小人的迫害、君王的昏庸而不得不离开都城。当他走出郢都城门时，真是心如刀绞，他不断地回过头去，上船之后仍不忍心离去，举起船桨任船在水上漂流，哪怕是推迟一瞬间也好，他实在不想离开：谁知道此番离去，还能不能再回到国都，能不能再见到君王？谁知道这座几百年的都城会不会在战火中毁于一旦？谁能保证他将来归去之地，不会是一处废墟，不会是一个早已灭亡的国家？

思君、爱国、忧民之心杂糅于五内，痛彻心扉，催人肝肠。他多想今日在朝堂上辅佐君王的人是自己，而不是那些只懂逢迎、只顾一己利益、毫无忧国忧民之心、毫无治国安民才能的奸佞之徒。真正爱国爱民的忠诚正直之士被排除在外，平庸钻营之辈却得以青云直上，结果，家国因奸人当道而日渐贫弱，最终因强国侵略而灭亡，真正感到痛心的却是那些被驱逐的贤者，这真是莫大的讽刺和悲哀！

尽管朝堂黑暗至此，君王无知至此，他仍然心心念念想要回去。"鸟飞反故乡兮，狐死必首丘"，鸟雀无论飞到哪里，终究要回到故乡，狐狸即便死了，头也会向着栖居的山丘的方向，他也终有一日要回到自己的来处，若故国已死，那就与它一同赴死。毕竟那是他最深爱的地方，就算有一天毁灭了，也仍然是他的根。

触目所见，牵惹出断肠之哀

屈原《河伯》

　　与女①游兮九河，冲风起兮横波。乘水车兮荷盖，驾两龙兮骖螭。

　　登昆仑兮四望，心飞扬兮浩荡。日将暮兮怅忘归，惟极浦兮寤怀。

　　鱼鳞屋兮龙堂，紫贝阙兮朱宫，灵何为兮水中？

　　乘白鼋兮逐文鱼②。与女游兮河之渚，流澌纷兮将来下。

　　子交手兮东行，送美人兮南浦。波滔滔兮来迎，鱼邻邻兮媵③予。

【注释】

　　①女：通"汝"，你。

　　②文鱼：有花纹的鱼。

　　③邻邻（lín）：通"粼粼"，形容众多。媵（yìng）：送别。

　　王维的《九月九日忆山东兄弟》曰："独在异乡为异客，每逢佳节倍思亲。遥知兄弟登高处，遍插茱萸少一人。"思亲之作，古来大多如是。佳节至，独在异乡，登高远望，忆及往昔欢聚之景，感怀而今孤寂一人，无尽落寞悲凉尽

数涌上心头。

人言故乡月，最分明。若是身在他乡，与故地相距万里，纵使春风得意，平步青云，亦难免寂寥悲切之感。屈原写《河伯》，本是为祭黄河之神而写的祭歌：主祭者与河伯一起驾着飞龙遨游，从波涛翻滚的大河溯流而上，直到抵达黄河的发源地昆仑，最后河伯与主祭者告别，继续东行巡视。本是一场盛大威赫的远游，屈原笔力亦是雄健洒脱，"冲风起兮横波"，"心飞扬兮浩荡"，却仍于不经意间流露出思乡伤怀之情。

大风起兮云飞扬，河伯以神龙为

驾，于风起云涌间刹那抵达遥远的昆仑，登高远望，见黄河之水浩浩荡荡，恍如从天上而来，顿觉心胸开阔，意气飞扬，然而转瞬间，却"日将暮兮怅忘归，惟极浦兮寤怀"，恨天色渐晚，忘了归去，极目眺望，河水尽头处的故乡，让他寤寐怀想。

河伯的家自然在水中，那锦鳞披盖的华屋，雕绘蛟龙的大堂，紫贝堆砌的城阙，朱红涂饰的宫殿，奢华富丽，屈原却问："灵何为兮水中？"河伯你为什么住在这水中？

这真是无理之问。只因屈原笔下虽祭河伯，实则言说的却是一己胸怀。昆仑是屈原远祖的出生地，自然也是他的故乡，他却站在高入云霄的昆仑山上，远望万里之外的楚地。在他心里，汉水、湘水之畔的楚国，他为此付出心血和深情的那一片地域，才是他心之所系的故乡。

排遣乡愁时，人们总喜欢于高处远望，只因自己与故乡之间的距离是那样遥远，总盼着目光穿山越水，即使抵达不了故乡的土地，也可以抵达故乡的那一方晴空。

然而登高望远自伤情，如辛弃疾《摸鱼儿》言："休去倚危栏，斜阳正在、烟柳断肠处。"于高楼上倚栏远望，本就是一个伤情的举动。心中牵系着远方时，触目所见，不是芳草萋萋，便是斜阳烟柳，徒然牵惹出断肠之哀，即便如屈原，见了浩荡的风景，也仍会因思念而恨归乡的路途遥远漫长。

天庭之上未必没有争斗

王逸《遭厄》

悼屈子兮遭厄，沉玉躬兮湘汨。何楚国兮难化，迄于今兮不易。士莫志兮羔裘，竞佞谀兮谗阋①。指正义兮为曲，訾②玉璧兮为石。鸮③雕游兮华屋，骏鷧④栖兮柴蔟。起奋迅兮奔走，违群小兮谇诟⑤。

载青云兮上升，适昭明兮所处。蹑天衢兮长驱，踵九阳兮戏荡。越云汉兮南济，秣余马兮河鼓。云霓纷兮晻翳，参辰回兮颠倒。逢流星兮问路，顾我指兮从左。径姬訾⑥兮直驰，御者迷兮失轨。遂踢达兮邪造，与日月兮殊道。志阕绝⑦兮安如，哀所求兮不耦。攀天阶兮下视，见鄢郢⑧兮旧宇。意逍遥兮欲归，众秽盛兮杳杳。思哽馈兮诘诎⑨，涕流澜兮如雨。

【注释】

①阋（xì）：争吵。

②訾（zǐ）：诋毁。

③鸮（chī）："鸱"的错体，恶鸟。

④骏鷧（jùn yí）：神俊之鸟。

⑤谇诟（xì gòu）：辱骂。

⑥径（jìng）：经过。姬訾（jū zǐ）：星名。

⑦阏（è）绝：阻断。

⑧鄢（yān）郢：楚国都城。

⑨哽饐（yē）：因悲伤而气息滞塞。诘诎（jí qū）：艰涩。

自屈原身死后，几乎所有人都会读着他的一生，吟唱着他被放逐后写下的悲歌，痛惜他的悲剧人生。而所谓"悲剧"，并非一个悲伤的、不得圆满的结局，而是命运的轨迹与一个人的所思、所求背道而驰，是一个高洁的魂灵无端遭受厄运，是从理想的最高处瞬间跌入现实最低微、最污浊之处的眩晕般的落差感。

当王逸在《遭厄》中写下"悼屈子兮遭厄，沉玉躬兮湘汨"时，他意识到，屈原的悲剧好比一个死结，永远无法解脱。并

非唯有楚国国运难以扭转，难以感化，即使隔了几百年，时代也仍然改变无多，悲剧始终不曾断绝。一国朝政中，总有精忠报国的贤臣，也总有互相争斗、竞相阿谀的小人，公理正义总会被指为谬误，美好的玉石也依旧容易被诋毁，恶鸟仍然盘桓于华堂之上，神鸟一如既往栖息于柴草堆中。

邪恶从来不会被彻底消灭，纯粹的理想的时代永远不会到来。这不是绝望的结论，而是客观的、不偏不倚的现实。一味地慨叹生不逢时，怀才不遇，其实毫无意义。

倘若因国家风雨飘摇，便弃之而去，因君王昏庸无用，便违背忠心，因小人横行于世，便高飞远走，那么最后注定无路可走。那个想象中的天庭并不存在于世，即使真的可以就此脱逸而去，天庭之上未必没有争斗，未必没有昏聩之象，未必不会如尘世一般，星象混乱，云气迷蒙，难辨方向。到那时，又该何去何从？

屈原在云层之上向下观望，看见故国郢都时，飞升的心意立刻动摇，恨不得立刻归去。若非"意逍遥兮欲归"的念头和"众秽盛兮杳杳"的现实之间的矛盾难以调和，他恐怕早就回去了。时代、家国、君王虽是他的敌人，他的伤痛，到底也是他唯一的、赖以存在的依托和骄傲。

故国已遥不可及

王褒《尊嘉》

　　季春兮阳阳，列草兮成行。余悲兮兰生，委积兮从横。江离兮遗捐，辛夷兮挤臧。伊思兮往古，亦多兮遭殃。伍胥兮浮江，屈子兮沉湘。

　　运余兮念兹，心内兮怀伤。望淮兮沛沛，滨流兮则逝。榜舫①兮下流，东注兮礚礚②。蛟龙兮导引，文鱼兮上濑。抽蒲兮陈坐，援芙蕖兮为盖。水跃兮余旌，继以兮微蔡。云旗兮电骛，倏忽兮容裔。河伯兮开门，迎余兮欢欣。

　　顾念兮旧都，怀恨兮艰难。窃哀兮浮萍，泛淫③兮无根。

【注释】

　　①榜（bàng）：摇桨使船前进。舫（fǎng）：相并连的两艘船。

　　②礚礚（kē）：水石撞击的声音。

　　③泛（fàn）淫：漂浮不定。

　　"季春兮阳阳，列草兮成行"，季候已是晚春，风和日丽，天气和煦，百草繁盛成行，大地上勃勃生机，王褒笔下的屈原却忽然于乐景里生悲。草木虽盛，百花香草却已凋

谢，他眼看着兰草凋零，芬芳江离被丢弃一旁，美丽的辛夷湮没无闻，想到前世贤人也如这些美好的植物一般遭逢灾祸，心中悲痛万分。

王褒随侍宣帝身侧时，常跟随宣帝外出游猎，想来春日的猎场，万物竞生，百兽出没，定是一片欣欣之景，但王褒念及自身处境，念及所有的才华和抱负只可消磨于娱君之事上，见此盛大春景，或许会生出浓浓春愁。最美好的事物最易毁灭，他自己何尝不是如芳草一般，如从前的屈原一般，春归后，于短暂的盛开之后，即会迅速凋萎？

　　乐景里生悲，总是因为心中早就存了悲哀。并不是在盛景里蓦地体验到衰瑟、萧索和忧愁，当是从一开始就深藏于王褒心底的滋味。所以，他写屈原时，亦是将心比心。

　　当屈原被远远放逐于国都之外，站在淮河岸边看逝水汩汩东流，心中自然萌生了逐水而去的念头。他想象着驾一叶偏舟顺流而下，拔一把蒲草铺设座席，采摘荷花做成船篷，河流中水石相激，蛟龙在前方引路，长着花纹的大鱼带着他穿越急流。四周水花翻卷，远处惊涛骇浪，他挂起云旗如风一般行驶，既惊险又畅快，水神河伯甚至大开宫门，欢天喜地迎接他的到来。

　　洋洋洒洒一段话，丝毫不提及自己心情，分明是故国和君王赫然立于回忆的中心，他却总是别过头去，转笔去写其他。分明是漫长的时空阻隔了他们，故国已遥不可及，他却偏偏会在任何风景面前、任何想象中想起那再也回不去的故都。故国好比扎在心尖上的一根刺，一经触碰便痛。他虽以上天入地的想象对抗现实的尖刺，却未料到一切所思所想，都是绵里藏针。究竟是坎坷多艰的遭际让他的两鬓染了风霜，还是自己心甘情愿地为这场贯穿一生的思念熬白了头，屈原怕是早已不能分辨。

心如油煎，悲愤不已
王逸《怨上》节选

令尹兮謷謷①，群司兮谀谀②。哀哉兮漼漼③，上下兮同流。菽蕽④兮蔓衍，芳蒿⑤兮挫枯。朱紫兮杂乱，曾莫兮别诸。倚此兮岩穴，永思兮窈悠。嗟怀兮眩惑，用志兮不昭。将丧兮玉斗，遗失兮钮枢。我心兮煎熬，惟是兮用忧。

【注释】

①謷謷（áo）：傲慢妄言。

②谀谀（nóu）：多嘴多舌。

③漼漼（gǔ）：混乱的样子。

④菽蕽（shū lěi）：比喻小人。

⑤蒿（xiāo）：香草名，即白芷。

除了《楚辞章句》和《九思》组诗，王逸一生留下的印迹极少，后人只知他官位不高，浮沉终生，而他笔下所记，又都是他人的人生和悲喜，仿佛他在这世间并没有真正生活过，唯有文字是他的代言。

幸而，读他的文字，也就够了，因为他此生所有的心事都在其中。看他凄凄诉说屈原一生，以《怨上》为名，说屈原对那个曾经重用、信任，也抛弃、放逐他的君主，是如何的爱之深刻，亦恨之痛切，便知王逸当时心境。

当他初出茅庐，心中萌生了经世安民的理想，是君王容纳了他，给了他一个施展才华的舞台；当他施行改革，阻力重重时，是君王站在他身后，给予他庇托；而当他不顾惜自身安危和得失，一心为国谋利，为民造福，想要让那个美好的理想成真时，是君王摧毁了他——这固然是屈原的遭际，亦可当作王逸自己的写照。所有的郁郁不得志，总有相同的根源。

这是一个偌大的朝堂，他们都曾经幻想在其中大展拳脚，尽显才华，信手构建未来的蓝图，大笔勾勒出未来人生的模样；这也是一个狭窄的朝堂，身在其中的他们，只能身不由己地辗转，再辗转，遭污，再遭污，由不得自己做主，这里没有一条路供他们抵达理想之所。

所以，对君王、朝堂，他们的心中一直有深爱，也一直都有痛恨、怨尤——因为爱之深，才有恨之切，若不爱，何必去反抗、去唾弃？

所谓"怨上"，可指对上天的怨尤，但在此，矛头当是直指高高在上的君主。在上者，俯视苍生，本该清明睿智，明察秋毫，可是在当时的楚国，小人的一句傲慢妄言，便让君王不辨是非，百官之言，君王完全不能分辨好坏，如此一来，朝政当然混乱不堪，国家也自然会江河日下；而在王逸所处的东汉，宦官当权，君王不朝，政局一样动荡不安。

念及君王的昏聩，看着杂草遍地繁衍，香草却枯萎摧折，他不禁心如油煎、悲愤不已，痛惜一国之君被奸佞迷惑，痛惜国将不国，政权即将失去砥柱，痛惜自己只能眼睁睁看着这一

切发生，什么也不能做。

现实令人厌倦，王逸也好，屈原也罢，都是要改变而不得，只能一直流浪在心爱的土地上，直到有一日这土地不再容纳他、供养他。

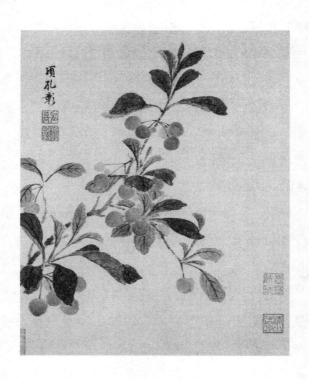

忧愁弥漫了整个身心

刘向《逢纷》节选

　　始结言于庙堂兮，信中途而叛之。怀兰蕙与衡芷兮，行中野而散之。声哀哀而怀高丘兮，心愁愁而思旧邦。愿承闲而自恃兮，径淫曀而道壅。颜霉黧以沮败兮，精越裂而衰耄①。裳襜襜②而含风兮，衣纳纳而掩露。赴江湘之湍流兮，顺波凑而下降。徐徘徊于山阿兮，飘风来之洶洶。驰余车兮玄石，步余马兮洞庭。平明发兮苍梧，夕投宿兮石城。芙蓉盖而菱③华车兮，紫贝阙而玉堂。薜荔饰而陆离荐兮，鱼鳞衣而白蜺裳。登逢龙而下陨兮，违故都之漫漫。思南郢之旧俗兮，肠一夕而九运。扬流波之潢潢④兮，体溶溶而东回。心怊怅以永思兮，意晻晻⑤而日颓。白露纷以涂涂兮，秋风浏以萧萧。身永流而不还兮，魂长逝而常愁。

【注释】

　　①精越裂：精神上灰心失意。衰耄（mào）：衰老。

　　②襜襜（chān）：衣服迎风飘动。

　　③菱：水生植物。

　　④潢潢（huáng）：深广。

　　⑤晻晻（yǎn）：抑郁愁苦。

　　若非遭到流放，屈原本该是一个于朝堂之上勤谨勉励的贤臣，胸怀天下，既有改革朝政的魄力，也有辅佐君王施政的手段。可是一朝遭逐，从此他在后人心目中便成了一个行吟泽畔，头戴高冠，身佩香草美玉，却形容憔悴的诗人。

　　命运遭遇不幸之时，却是诗之大幸。如李煜，本就有作词的才华，却一直要等到失落了家国、失却了帝王之位后，他的词才迸发出真正的华彩，才拥有了穿越千年时光、穿透世事人心的力量。屈原亦是如此。并不是在遭逐之后，他才开始吟唱诗歌，而是在经历过命运的挫败，品尝过孤独滋味，亲身体验过世界的荒谬之后，他的诗歌才泯灭了浮华，融贯了苦痛，牵扯了血肉，才能于千年之后，仍然撼动世人心魂。

　　刘向写《九叹》，便想象着屈原在湘水泽畔哀哀叹息："声哀哀而怀高丘兮，心愁愁而思旧邦。"他忆起过去君王曾与他在庙堂约定，如今君王随意毁弃前言，将他赶离出国都，放逐于原野，他抱着满怀香草，兰蕙衡芷，芳香袭人，却只能尽数抛弃于荒野之上。前途昏暗，道路阻塞，即使他有竭智尽忠之心又如何？时日一天天过去，诗人眼看垂垂老矣，就算再有心，也已无力。

　　怀念朝廷，思念郢都，以致声哀哀，心愁愁，除了行吟泽畔，驾车远走高飞，倾诉心中苦闷，他再无其他办法，可以排解这份痛苦。天上地下的远游如此华美，荷花作盖，菱花作车，驾着华车去向玄石山，在浩渺苍茫的洞庭湖边歇息，黎明时分，从苍梧山出发，黄昏抵达石城，投宿在紫贝砌成的楼台，白玉铺成的厅堂，穿上鱼鳞一样美丽的上衣，洁白的裙裳，睡在薜荔装饰的卧席之上。可是，当他登上逢龙山向下张望，忧愁仍如雾一样弥漫了他的整个身心。

去国的道路是这么漫长，隔山隔水，遥不可及。这不仅是地域上的遥远，更是心理上的遥远。若君王不能给予他信任，若他在朝堂之上没有实践理想的自由，那么，即使他日日随侍君王身侧，也与流放并无二致。一个不能与他心意相通的君王，一个不能在他的治理下蒸蒸日上的国家，一个再无用武之地的朝堂，与他隔着太过漫长的距离，此生此世，都不可能再次相遇。

无情何尝不是情的极致

王褒《株昭》

悲哉于嗟①兮，心内切磋。款冬而生兮，凋彼叶柯。瓦砾进宝兮，捐弃随和。铅刀厉御兮，顿弃太阿。骥垂两耳兮，中坂蹉跎。蹇驴服驾兮，无用日多。修洁处幽兮，贵宠沙劘②。凤皇不翔兮，鹑鸝飞扬。

乘虹骖蜺③兮，载云变化。鹪鹏④开路兮，后属青蛇。步骤桂林兮，超骧卷阿。丘陵翔舞兮，溪谷悲歌。神章灵篇兮，赴曲相和。余私娱兹兮，孰哉复加。

还顾世俗兮，坏败罔罗。卷佩将逝兮，涕流滂沱⑤。

乱曰：皇门开兮照下土，株秽除兮兰芷睹。四佞⑥放兮后得禹，圣舜摄兮昭尧绪，孰能若兮愿为辅。

【注释】

①于（xū）嗟：叹息。

②沙劘（mó）：微小。

③骖：驾驭。蜺（ní）：通"霓"。副虹。

④鹪鹏（jiāo míng）：神鸟。

⑤滂沱（pāng tuó）：即"滂沱"，泪流满面的样子。

⑥四佞（nìng）：尧时四个佞臣。

"悲哉于嗟兮，心内切磋"，如天外之音，破空而来，仿佛已经再也无法忍耐心中悲伤。也难怪，看那楚国大地上，款冬花生长得欣欣向荣，而它的枝叶根茎却已凋谢，瓦块石头被视作宝贝，宝珠玉璧却被丢弃在一旁，钝刀受到重用，利剑却被废置，良马失足跌倒，默默垂首无言，瘸腿的毛驴却拉着大车，凤凰神鸟无法飞翔，鹌鹑小雀却四处喧嚷，怎不让人捶足顿首，忧心如焚？

无能的庸人越来越多，猥琐的小人得到尊重，清白美好的忠臣贤士却靠边站，这就是楚国的不堪现实。这样的国家还有什么值得留恋？贤者又何必停留于此？不如驾起彩虹，乘坐云气，直飞天际。让神鸟在前方开路，青蛇在后跟随，朝着桂树之林奔驰，穿越蜿蜒曲折的山峦，这是何等畅快之事，何必非要留在一个已经没有希望的地方，任君王漠视，受小人蹂躏？

这世界本就是如此辽阔，丘陵土山能够翩翩起舞，山谷溪流也能慷慨悲歌，为什么不能抛下那沉重得无法承受的责任和理想，追求纯粹的自由和愉悦？

王褒写《株昭》，下笔是悲音，顿笔处却是无情：听诗中主人公娓娓道来，好似全是怨恨，全是责难。家国的现状已是如此狼狈不堪，他却只想隐遁而去，再不去蹚这摊浑水，尤其末尾处说"圣舜摄兮昭尧绪，孰能若兮愿为辅"，谁能如尧舜那样贤明，他才愿意辅佐，似乎对家国和君王已失望至极，再无一丝怜惜。实则，情重时是伤心，情到深处情转薄，却显得无情了。

情深至极，如漫天冷月清辉，热烈却只有清冷的光。无情

何尝不是情的极致，只因什么样的话语都倾诉不了如此炽情，他只能任它在岁月的流逝里、在他可憎的命运里淡了又淡，却浓郁到遮盖了所有，他提及也好，不提及也罢，家国都在他心底。哪怕是憎恶、是斥责、是无情地离去，亦是他用情太深，被伤得太重，才有如此悲怆的玩世不恭。